新米ネクロマンサー、魔王を蘇生する。
きなこ軍曹
Kinako Gunso
kgr［イラスト］
Illustration kgr
UG novels

「そこの真っ赤なお嬢さん、
よろしければ一曲
踊っていただけませんか？」
グラン

リリィ
ミラ
「……帰ってくるのが遅いのよ、ばか」
アリサ

「な、なにしてくれちゃってんのよ!?」
「その歳でまさか
キスもしたことがないなんて
ことはないだろ?」

UG novels

# 新米ネクロマンサー、魔王を蘇生する。

きなこ軍曹
Kinako Gunso

[イラスト]
kgr
Illustration kgr

三交社

新米ネクロマンサー、魔王を蘇生する。

[目次]



Contents

# プロローグ　新米ネクロマンサーが蘇らせたのは

満月が戦場を照らす。

一方は、数千にも及ぶ大軍勢。

一方は、数百体のアンデッドの群れ。

屈強な兵士たちを以てすれば多少の犠牲はあれど、決着がつくのはそう遠くない未来のはず

——だった。

しかし今、その戦場は膠着していた。

理由なんて聞くまでもない。

戦場にいる全ての者の視線が、ただの一か所に集まっていた。

それは空に浮かぶ一人の男。

その腕の中には、一人の少女が抱きかかえられている。

どうして空に浮いていられるのか。

そんな些細なことは、頭の中には無かった。

今、兵士たちの頭の中を埋め尽くしているのは、空に浮かぶたった一人の男の存在のみ。

もはや言葉にすることなど出来ない圧倒的な存在感が、彼らの視線を釘づけにしていた。

満月による逆光で、せいぜい見えるものといったらシルエットだけ。

にも拘わらず、その時彼らには空に浮かぶ男がニッと口の端を吊り上げたような気がした。

そして、男が叫ぶ。

本来であれば届くはずのない戦場の端から端まで、不思議と男の声は聞こえた。


「俺は――魔王だッ!!」


その声に含まれる圧倒的な力の一端に、大軍勢が瓦解する。

どんな死地でも果敢に戦うはずの彼らが、プライドを全て置き去りにして、空に浮かぶ男に背中を向けて駆け出す。

もはや彼らに立ち向かう勇気などなければ、その場にひれ伏すことさえ出来ない。

彼らに許されたのは、ただ逃げることだけ。

そしてその日、世界は知る。

かつて世界を恐怖のどん底に陥れた最悪の化け物が、この世に蘇ったことを。

◇　◇

「よ、予想はしていたけど、やっぱり不気味な場所ね」

一人の見目麗しい少女がわずかに顔を顰めながら呟いた。

彼女の名はアリサ＝レド＝アシュレイ。

燃えるような真っ赤な髪と瞳は、彼女の我の強い性格を体現しているようだ。

そんなアリサが今いるのは、とある墓地。

真昼間であるにも関わらず、この場所だけは暗く、心なし気温も低い。

どう考えても、少女が一人でやって来るような場所ではない。

しかし、ことアリサに限って言えば、この場所にやって来るだけの理由があった。

何を隠そう、アリサは死霊使い《ネクロマンサー》である。

といっても、つい最近なったばかりの新米ネクロマンサーではあるが……。

つまりアリサは、この墓地に眠っている者を栄えある一人目の使い魔にしようと目論んでいるのである。

本来、墓地を荒らすという行為は倫理的な面から見ても憚られる。

しかしこの墓地は人里からも遠く、立てられたのも相当昔なのは間違いない。

他にも色々と個人的理由などを鑑みた末に、ついに計画を決行したのである。

「……それにしてもやたらと豪華な造りね。装飾も凝ってるし」

アリサがそう思うのも無理はない。

敷地内には果たして意味があるのだろうかと思えるほどの装飾が施されているし、それに加えて、広い敷地の中には一つの墓石しかない。

一般的な墓地であれば、広い敷地一杯に墓石が並んでいるのが普通だ。

しかしここはどうやら本当にたった一人のために作られた墓地ということらしい。

「ということはやっぱり、生前にすごい活躍とか功績を残したりしていても何もおかしくないわよね……」

そう言うアリサの顔には期待の色がありありと浮かんでいる。

ただ、一つだけ疑問もあった。

「これだけ豪勢な墓地なのに、どうして今まで他の誰も手を出さなかったのかしら。さすがに見落としとかはないだろうし」

アリサが言っているのは他の先輩ネクロマンサーたちだ。

彼らは強い死体を求めて日々苦労している。

こんな分かりやすい豪華な墓があれば、争ってでも自分の使い魔に加えようとすると思うのだが……。

「ま、いっか」

普段のアリサなら、さすがに違和感に気付き、もう少し冷静に考えていただろう。

しかし今はネクロマンサーとしての初めての経験ということもあって、少なからず気分も高揚していた。

つまるところ、自分の使い魔になる者が優秀なのであれば、アリサにはそれ以上に大事なことなんてなかったのである。

「それじゃあ早速——」

アリサは一歩、墓石の方へと近付く。

そしてその白くて綺麗な手を静かにかざす。

「〝我の僕になる者よ、冥界より舞い戻れ〟」

本で調べた呪文を唱えると、指先から魔力が出て行くのが分かる。

きっと蘇生に必要な魔力を死体へ送り込んでいるのだろうと、アリサは勝手に解釈している。

しかし魔法使いでもないアリサは、それほど魔力量が多いわけではない。

むしろ魔法使いでもないのによくこれだけの魔力があると感心すべきなのだろうが、それでも次第に流れていく魔力が限界に近付き、身体が辛くなってきた。

だが、それも遂に終わりを迎える。

「あ、あれ、魔力が……」

指先から地面へと流れ込んでいた魔力が途端に止まってしまったのである。

「こ、これって成功？　それとも、失敗……？」

困惑気味に呟く。

何せアリサが蘇生の術を使うのは今回が初めて。

本で蘇生の術についての知識は少しはあったにせよ、それ以上のことはほとんど何も知らない。

そもそも蘇生の術について知っていると言っても、意識を集中させて詠唱する、という素人に毛が生えた程度のことしか本では分からなかった。

しかし自分にネクロマンサーの素質が少なからずあることだけは分かっている。

それなら蘇生の術を一度は使ってみたい、初めての使い魔を蘇生させたい、という思いで今回に至ったのだ。

だが魔力の流れが止まってからというもの、一向に反応がない。

「……やっぱり、失敗？」

蘇生の術が今ので終わりなのか、それとも魔力の限界が近づき中断されたのか。

恐らく後者だろうと判断したアリサは落胆を隠せない。

大きなため息を一つ零し、思わずその場に座り込む。

体内の魔力がほとんど出てしまった故の疲労感に襲われたのである。

「……でも何で失敗したのかしら。本には詠唱しか書いてなかったから詳しいことは分からないけど、魔力量が足りないとかだったら今のところ打つ手はないし。かと言って、こんなチャンスをみすみす逃したくはないし」

こんな豪華な墓地にある死体なんて、いつ他のネクロマンサーたちが自分の使い魔にしようとするか分からない。

もしかしたら次に来るときには既に遅すぎた、ということになっていないとも限らないのだ。

アリサは今考え得る失敗の原因を必死にひねり出そうとうんうん唸る。

「もしかして、最低限地面を掘り起こしてから蘇生の術をかけなくちゃいけなかったとか……？というか蘇生の術自体は成功してるけど、土が重いせいで棺桶から出てこれないとか……？」

正直、十分にあり得る。

少なくともアリサはそう思った。

魔力を消費したせいで疲労した身体に鞭を打ち、急いで土を掘る。

端から見れば、完璧にお墓荒らしである。

いや、実際にそうなのかもしれないが……。

だが道具も何もない状態で土を掘るのは相当に大変だ。

落ちていた石を使って何とか少しずつ掘ってはいるが、これでは一体どれだけ時間がかかるか分からない。

街に戻って色々と道具を揃えてから、もう一度やって来ようかと考えていた時――

「な、何この魔力……っ!?」

――突然、足元から巨大な魔力が溢れてきた。

アリサは慌ててその場から飛び退く。

ちょうどその瞬間、今の今までアリサがいた場所の地面が文字通り飛び散った。

驚いたのも束の間、アリサは立ち込める土煙の中に、棺桶の蓋のようなものが見えた気がした。

「い、一体何が……」

あまりに突然の出来事に、ろくに反応も出来ないアリサが戸惑い気味に呟く。

しかし土煙のせいで何も見えず、唯一出来ることと言えば目に砂が入らないように手で視界を覆うくらいだった。

次第に、土煙が晴れていく。

目を細めながら、ジッと見てみると微かに人影のようなものが見えた。

「せ、成功してたのねっ！」

アリサは思わず飛び上がる。

その表情は先ほどとは打って変わって満面の笑みだ。


「何が成功したんだ？」

しかし突然聞こえてきた男の声に、アリサは固まる。

そして更に土煙が晴れていく中で、その表情は笑みから驚きに変わっていった。

「に、人間……!?」

土煙が晴れた先、そこには一人の見知らぬ男が立っていた。

真っ黒な髪に、真っ黒な瞳。

そして真っ黒な服はあれだけの土煙の中にいたにも関わらず、汚れ一つない。

つまり全身真っ黒な男だった。

そんな真っ黒男はアリサの反応に「おいおい」と呆れたような反応を見せる。

「人を見るなりその反応はさすがに失礼じゃないか？　お前だって人間のくせに」

「っ……!?」

普通に考えれば男の言う通り、アリサの反応は失礼だと思うだろう。

しかしアリサの目の前にいる男は、蘇生の術によってようやく、長い年月の眠りから覚めたばかりなのである。

つまり何が言いたいのかというと、アリサはてっきりゾンビ的な何かが出てくると思って疑っていなかったのだ。

それが蓋を開けてみれば、出てきたのは生身の人間。

しかも普通に意思疎通も取れるとなれば、驚くのも無理はないだろう。

しかしよく考えれば男だって突然蘇生されて戸惑っているかもしれない。

ここは一度落ち着いて、状況を説明するべきだろう。

アリサは一度こほんと咳ばらいをすると、姿勢を正す。

「わ、私はアリサ・レド・アシュレイよ。皆にはアリサって呼ばれてるわ」

「アリサ？　なら俺はグランでいい」

だがアリサの心配を他所に、男――グランはどこか傲岸不遜な態度でニヤリと笑っている。

「因みにだがここはどこだ？　俺は確か……」

そこまで言いかけて口を閉ざす。

続きが気になったが、どうやらそれ以上は口を開く気配がないので、アリサは話を進めるためにも現在の状況を説明していく。

「あなたはそこの墓地で眠っていたの。もちろん死体としてね。それを私がネクロマンサーとして蘇らせてあげたの」

「ネクロマンサー？　お前が？」

意外そうに聞いてくるグランに、アリサが不満げに頬を膨らます。

「そうよ。つまりグラン、私はあなたのご主人様ってこと」

「ご、ご主人様だぁ!?」

アリサの発言に、グランは声を大にして驚いたかと思えば、終いには腹を抱えてけらけらと笑い始めてしまった。

一体何が面白いのか、とアリサは怒りで顔を真っ赤に染める。

見れば肩も小刻みに震えていた。

「私があなたを蘇生させてあげたのよ⁉　その証拠にほら！　そこに正座しなさい！」

「おっ？　何だ、身体が勝手に」

相変わらず笑い転げていたグランだったが、突然、アリサの言う通りその場に正座した。

だが本人の意思ではないらしく、グランも僅かに戸惑いの色を見せている。

「これが使い魔であるあなたと、ご主人様である私の関係。分かった？」

もっと分かりやすく言うのであれば、蘇生の術には使い魔がご主人様に歯向かえないように隷属の効果がある。

尤《もっと》も、ネクロマンサーの使い魔になるのはゾンビなどの意思のない者ばかりなので、大して使う機会はないはずなのだが……。

しかし今回に関しては、その隷属の効果がきちんと発揮されたらしい。

つまりこれで、アリサがグランを蘇生させたということが事実上、証明されたのである。

「なるほど、そういうことか」

グランもそのことを察したらしく、納得したように頷く。

でも、それも一瞬だった。

「じゃあ――その枷《かせ》を消すか」

「え……っ」

その瞬間、アリサは体感的に、自分とグランを繋ぐ糸が切れたように感じた。

そしてその感覚は現実となって現れる。

「よっこいしょ、っと」

正座しているように命じたはずのグランがいとも容易く立ち上がった。

「た、立っていいなんて言ってないわよ！　――座りなさい！」

それから何度も命令するも、グランは生意気そうな笑みを浮かべたままで、命令に従う様子は全くない。

「お前だっていい加減気付いてるだろ。俺がもうお前に隷属していないことくらい」

「そ、そんな簡単に隷属の効果を打ち消せるはずないじゃない！　きっと何かの間違いよ！」

「まあそう思いたいのも分からなくはない。確かにお前がかけてくれた蘇生の術には、それなりの強度の隷属の効果が込められていたし、常識的に考えればその効果を打ち消すなんてのはまず無理だろうな」

でも――、とグランはその口の端を釣り上げる。

「俺なら出来る」

不敵な笑みを浮かべながら、そう断言する。

もはや傲慢とも思える程の自信っぷりに思わず反論したくなるが、その言葉が嘘偽りでないことは今目の前で証明されている。

「さて、俺とお前の関係が白紙に戻ったわけだが。どうするか……。いっそのこと主従逆転の関係なんて面白そうじゃないか？」

「っ……！」

その言葉の意味を理解したアリサが思わず顔を顰めながら後退るが、それを見たグランの口の端は一層釣り上がるばかり。

かと言ってこの状況でアリサに何かが出来るわけではない。

そもそも肉弾戦など出来るはずもなければ、魔力だって蘇生の術のせいで空っぽだ。

しかも相手は蘇生の術に込められた隷属の効果を打ち消してしまうような、とんでもない存在。

魔力がフルに使えたからと言って、到底アリサにどうこう出来るような相手ではないだろうことは容易に想像できた。

「……あなたは一体どうするつもりなの」

「別に起きたばっかで何かをするつもりなんてないんだけどな。……あ、さっきの主従逆転とかも冗談だから、お前もそんな怖い顔するなよ。せっかくの美人が台無しだ」

アリサの胸中など知った様子もなく、グランはからかうように言う。

否、実際からかって遊んでいるのだろう。

しかし、今のところ何かをするつもりがないということが知れただけでも僥倖か。

アリサはホッと息を吐く。

だがこれからどうなるかは、まだ分からない。

せめてもう少しくらいは情報を集めておくべきなのだろうが、下手なことを言って機嫌を損ねたりしてからでは遅すぎる。

アリサが今後の行動について頭を捻らせていると……。

「よし決めた！　俺、しばらくはお前の使い魔として色々と面倒見てやるよ！」

「……はい？」

さすがのアリサもすぐには理解できなかった。

それでも何とか頭をフル回転させて、ようやくその言葉を呑み込む。

この際「面倒を見るのはご主人様の方でしょ！」とかいう突っ込みは置いておくとして、つまりしばらくは行動を共にしてくれるということで良いのだろうか。

それなら隷属の効果はないにせよ、当初の目的である一人目の使い魔は無事に確保できるということになるので、アリサとしても文句はないのだが。

「……どういう風の吹き回しなのよ」

隷属の効果を打ち消したばかりの張本人がどうしていきなり使い魔になる気になったのか、聞かずにはいられなかった。

「まあ強いて言えば、情報収集かな」

「情報、収集……？」

「見ての通り、俺は起きたばかりで、ここがどこかさえちゃんと理解できてないからな。そこあたりの知識とかを色々みっちり教えてもらおうというわけだ」

疑いの目を向けるアリサに、グランがあっけらかんと言う。

「……なるほど。それで私の使い魔としての立場が一番手っ取り早いってわけね」

確かにそれならグランの意図も十分に理解できる。

それにグランは隷属の効果こそないにせよ、使い魔の部類としては意思疎通など出来る点からしても十分に優秀だ。

それ以外の諸々の事情を考えても、アリサの中での答えは既に決まっていた。

「……はぁ、分かったわよ。でも使い魔になるんだったら私の言うことは最低限聞いてよね」

「あぁ。これからよろしく頼むぜ、ご主人様」

アリサの言葉に頷くグランの表情には、今日一不敵な笑みが浮かんでいた。

# 第一話　グラン、初登校

「つまりここは俺が死んでから少なくとも数百年が経った世界、ってことで間違いないのか？」

グランがアリサの使い魔になった翌日、二人は街中の大通りを歩いていた。

「えぇ。その認識で間違ってはいないと思うわ。詳しいことはまだ分からないけど、図書館とかで調べたらもっとちゃんと分かるかも」

「図書館？　因みにだが、俺たちはこんな朝っぱらからどこに向かってるんだ？」

「あなた、何も知らないでついて来ていたの？」

「お前が飯食ったら早々に家を出たからじゃねえか！　行先も言わずに！」

「そ、そうだったかしら」

気まずそうに視線を逸らしたアリサだったが、そこでふと立ち止まる。

「私たちは今、フェルマ国立学園に向かってるの！」

「フェ、フェル……何だって？」

「フェルマ国立学園よ！　創立２００年以上の由緒正しい学園なんだから！」

そんな胸を張って誇らしげに言われたところで、グランにはいまいちぴんと来ない。

しかしふと視線を上げた先で、やけに大きな建物があることに気付いた。

「もしかして、あれがそのフェルマ国立学園ってやつか？」

「ええ、そうよ。6歳から12歳までの初等部。13歳から15歳までの中等部。そして私のいる16歳から18歳までの高等部があるわ。因みに私は16歳だけど誕生日がまだ先だから高等部の2年ね」

聞いてもいないことまでペラペラと、しかも自慢げに話すアリサ。

思わずグランもげんなりしたような顔を一瞬だけ浮かべるが、すぐに「そうなのかぁ」と相槌を打つ。

情報収集している身からすれば、いずれ必要になってくる情報かもしれないと思いなおしたのだ。

もちろん、実際にそんな時が来るかどうかは甚だ疑問ではあったが……。

ただ、アリサの説明の中でも頷ける点はいくつかあった。

例えば創立されてから２００年以上も続いている由緒正しき学園というのは、校門をくぐる学生たちを見ていれば、あながち間違いではないのだろう。

もちろん生徒の質が伴っているかどうかの判断は今の段階ではすることは出来ないが、校舎や生徒数を見れば、かなりの規模のものであるというのは確かなようだ。

「もしかしてこの学園には貴族だけじゃなくて平民も通っているのか？」

「当然じゃない。学園の運営は主に貴族たちの寄付金で成り立っているけれど、身分に限らず優秀な者を重用するのがフェルマ国の方針なの」

そこで初めてグランが感心したような表情を見せる。

もしかしたら昔はそうじゃなかったのだろうか、とアリサは内心思ったが、今それ以上聞くのは何となく憚られた。

「……ん？　どうやらここの生徒たちは制服を着ているらしいが、俺はこの服のままで大丈夫なのか？」

そう言うグランの服装は昨日と何一つとして変わっていない。

何か特殊な魔法でもかかっているのか、なぜか汚れも一つとして見当たらない。

よく見ればそれなりに良い材質なのか、艶のある黒が何とも特徴的な服装だ。

「使い魔を連れている人もたまに見かけるし、私の使い魔って説明すれば大丈夫じゃないかしら。それに何か問題があったら、その時に考えればいいのよ」

「それはまた随分適当な考え方だな、おい」

しかし情報収集も兼ねて、学園の中には是非とも入りたい。

ここはアリサの考え方に従うべきだろう。

グランはそう判断すると、再び歩き出したアリサの後を追って校門の方へと向かった。

「……なぁ、なんかやけに見られてないか？」

長い廊下を歩いていたグランがふと呟く。

校舎に入って来てからというもの、やけに視線を感じるのだ。

それも、あまりよろしくない類の視線を。

「あんたがそんな真っ黒い服なんか着てるせいでしょ。せめてもう少しまともな服なら良かったのに……」

「そんなこと言われてもなぁ。この服は俺の唯一の私物みたいなもので愛着もあるし」

「まあ無理に着替えろとかは言うつもりはないけど。そこらの視線は気にしないことね」

「りょーかい」

アリサのアドバイスに素直に頷いたグランだったが、内心では違和感を覚えていた。

アリサは視線を向けられているのはグランだと言う。

……果たして本当にそうだろうか。

少なくともグランはそうは思わなかった。

今感じる視線は確かにグランに対するものも少なからず含まれてはいるだろうが、どうもそれがメインではないらしい。

それこそ悪意に近い視線を向けられているのは、グランではなくアリサの方だ。

ただ現段階において、どうしてアリサがそんな視線を向けられるのかというところまでは知る由がない。

とはいえいくら傲岸不遜なグランと言えど、いきなり「お前ってもしかして皆から嫌われてたりするのか？」なんて尋ねたりするのは憚られた。

「おや、落ちこぼれがまた性懲りもなく学園に来たのかい？」

グランがどうするかと頭を悩ませていた、ちょうどその時。

突然、どこか棘のある言葉が聞こえてきた。

見れば二人の行く手を阻むように、金髪の少年が立っていた。

その少年は端的に言えば「偉そう」の一言に尽きる。

後ろには取り巻きなのか数人の生徒を連れており、自分の権力をアピールしまくっていた。

その嫌味たっぷりのニヤけ顔はどことなくグランのそれを想起させるが、実際には似ても似つかない。

「……セミール＝イヴォ＝アンドリヒ。貴族の長男よ」

グランの「誰だこいつ？」という視線に、アリサがそっと耳打ちする。

何かの因縁でもあるのか、その表情はこれまでに見たことがないくらいのしかめっ面だ。

「アシュレイ家唯一の汚点であるアリサくんが、堂々と学園なんかに来ていていいのかい？　さては家から抜け出してきたんだろ？」

「……気安く名前を呼ばないでくれないかしら。吐き気がするわ」

一触即発の雰囲気に周りからも次第に周りの視線も集まってくる。

セミールとやらもそのことに気付いたのか、ふっと息を吐いて肩を竦める。

「まあせいぜい君は落ちこぼれらしく、劣等生クラスで頑張るといいよ」

「っ……！」

その言葉に何か反論をしかけたアリサだったが、どういうわけか強く睨むだけにとどまる。

これまでのアリサを見る限りではてっきり魔法を仕掛けてもおかしくないと思っていただけにグランは拍子抜けすると同時に、少し意外だった。

それに会話の中で気になることも幾つか出てきた。

アリサが落ちこぼれ。

そして劣等生クラス。

また、色々と情報を集めていかなければいけないようだ。

まあ今のところ情報源らしい情報源と言えば、アリサくらいのものなのだが。

「ん、君は……」

ふとそこで、セミールがアリサの隣に立つグランに視線を向ける。

反応からして、もしかしたら今までその存在にすら気付いていなかったのかもしれない。

視野が狭いことだ、とグランは呆れる。

もちろんそんなことはおくびにも出さず、今はアリサのことも考えて適当に愛想笑いを浮かべているが。

「俺はこい――――ご主人様の使い魔だ」

こいつ、と言いそうになったのをすんでのところで言い直す。

アリサがジト目を向けてきているが無視だ。

グランの言葉を聞いたセミールは驚いたような表情を見せるが、すぐに先ほどまでの嫌味な笑みを浮かべなおす。

「生身の人間を使い魔にするなんて、さすがとでも言うべきなのかな?」

皮肉たっぷりの言葉にアリサの顔が不機嫌に染まるが、先ほどと同じように特に突っかかったりはしない。

「あなたには関係のないことよ。ほら、行くわよ」

「ん?　あぁ」

しかしこれ以上話すのはさすがに御免だったのか、それだけ言い残すとセミールの横を通り過ぎる。

道を塞ぐように立っていたセミールの取り巻きたちも、アリサの不機嫌オーラには敵わなかったのか大人しく道を譲る。

とはいえセミールならまだ何か言ってきそうだと警戒していたのだが、意外にもそれ以上絡んでくる気はないらしく、そのまま取り巻きたちを連れてどこかへ行ってしまった。

「…………」

廊下を歩く二人を気まずい沈黙が支配する。

まあ実際に気まずさを感じているのはアリサだけで、グランはいつものように飄々としているだけなのだが……。

グランには聞きたいことが幾つかある。

もちろん先ほどまでの会話に出てきた話題についてだ。

だが、その話題がアリサからしたら触れてほしくない、もしくは聞いてほしくない話題だというのは容易に想像がつく。

いずれ知る機会があるにせよ、少なくとも今の不機嫌オーラを充満させている状況で聞くことでもないだろう、と判断したのだ。

「今の世の中には『適正職業』っていうのがあるの」

しかしグランの思惑に反し、アリサは静かに語りだした。

「人にはそれぞれ適正――向いている職業があって、それは現段階での能力や才能から導き出すことが出来るの」

「そ、それは便利だな」

にわかには信じがたいことだが、アリサが冗談を言っているようには思えない。

自分が眠っている間に随分と技術が進歩したのだな、とグランは感心する。

「基本的には高等部二年になったタイミングで、自分の適正職業を検査するんだけど……」

そこまで言って、アリサの表情に僅かに影が差す。

「適正職業には〝騎士〟とか〝魔法使い〟とかの表舞台で活躍する花形のものもあれば、そうじゃないものもあるの。例えば、〝ネクロマンサー〟とか」

「……なるほど。それで落ちこぼれって言われてたのか」

そこでグランはようやく合点がいったように頷く。

「じゃあもしかして劣等生クラスっていうのは、そういう花形の職業じゃない奴らが集められたクラスっていうことでいいのか？」

「ええ、その認識で間違ってないと思うわ。実際、他の生徒たちからは白い目で見られることは多いし。それに花形の適正職業じゃないっていうだけで、ほとんど将来の道が閉ざされたようなものだから」

そう言いながら、これまでで一番大きな溜息を零すアリサ。

「自分の向いている職業が分かるっていうのは便利だと思ったが、そうなると意外に考えものだな」

そんなアリサらしからぬ弱気な表情に、少なからず申し訳なさを感じたグランが頬を掻きながら気まずげに苦笑いを浮かべる。

因みにこれでも一応本人は慰めているつもりだ。

「ま、だからと言って諦めたわけじゃないけど」

しかしアリサはそれまでの表情から一変して、いつもの勝気な表情へと戻る。

「たとえネクロマンサーが落ちこぼれ職業だったとしても、私は絶対に成り上がってみせる！　そのためにネクロマンサーとして優秀な使い魔を集めるのが当面の目標ね！」

「当面の目標ね、ってもしかして俺も手伝わされる感じだったりするのか……？」

「当たり前でしょ？　一応あなたは私の使い魔ってことになってるんだから、それくらいは手伝いなさいよ」

「……あんまり気乗りしないんだがなぁ」

グランがうんざりしたように呟くと同時に、アリサの歩みが止まる。

「着いたわよ。ここが私のクラス」

「お、噂の劣等生クラスか」

「……間違ってもそれ、クラスの中では言わないでよ。気にしてる子だって少なくないんだから」

不用意な発言をしたグランをギロッと睨んだアリサは、仏頂面のままで教室の中へと入っていく。

果たしてそんな顔をしていて他の生徒たちが引くのではないか、などと老婆心ながらに心配しつつ、グランもその後を追う。

すると既に教室にいた二人の女子生徒が、アリサの姿を見つけ駆け寄って来た。

「アリサ、おはよ」

「アリサちゃん、おはようございます！　今日もお元気そうで何より……です。あの、そちらの方は……？」

挨拶の途中で、グランの存在に気付いたのだろう。

どこか不安そうにアリサに聞いてくる。

「あー、こいつは私がネクロマンサーとして蘇生させた使い魔第一号よ」

第一号って何だ、と突っ込みたくなるのを何とか耐えて「グランだ。よろしく」と簡単な自己紹介を済ませる。

すると使い魔と聞いた少女の一人が驚きに目を見開く。

「アリサちゃんの使い魔っていうことは、もしかしてゾンビさんなんですか……!?」

「なわけあるかっ。よく見ろっ！　腐ってないだろ！」

「きゃっ!?　す、すみません……っ」

思わずグランが抗議すると、その少女は涙目になって縮こまる。

「……ちょっとグラン、私の友達を怖がらせないでくれる？」

「ゾンビ呼ばわりされて傷ついた俺の心はスルーか」

などと言うグランを無視して、アリサは少女の頭をよしよし撫でる。

そんなアリサの仕草は何というか慣れており、普段から二人がこういう関係なのだろうと想像するのは難しくない。

それからしばらくアリサに撫でてもらっていた少女だったが、ようやく落ち着いたのかおずおずとグランの前までやって来る。

「あ、あの、さっきはすみません……。わ、私はミラ＝アズール＝セルフォート、です……」

ミラと名乗った少女は綺麗な空色の長髪がとても印象的だ。

ただ、アリサのような我の強い性格とは違い、どうやらミラはかなり内気な性格の持ち主らしく、今も一刻も早くグランの前から去りたいという気持ちがひしひし伝わってくる。

「わたしはリリィ。よろしく」

そんなミラに合わせて、もう一人も自己紹介を済ませる。

リリィと名乗った少女は、黄緑色の髪が印象的だ。

ただそれ以上に、その表情の方が気になる。

何というか、リリィは最初からずっと無表情なのだ。

自己紹介もあっさりとしていたし、もしかしたら感情の起伏が少ないタイプなのかもしれない、とグランは判断する。

だが他の二人と違う点をもう一つあげるとすれば、リリィは家名とかは教えてくれないのだろうか。

グランが疑問に思っていると、今度はアリサが何やら耳打ちしてきた。

「ミラは男が極端に苦手なの。そしてリリィは貴族じゃないから」

「……あぁ、なるほど」

事情を把握したグランが頷く。

そういえば先ほど、この学園には貴族だけじゃなく平民も通っているということを聞いたばかりだった。

アリサとミラが貴族だったからてっきりミラも貴族なのかと思っていたが、どうやら早とちりだったらしい。

「あ、そういえばもうすぐ授業が始まるけど、グランはどうする？　授業を聞く気なら先生に私の使い魔っていうことを事前に説明してくるけど」

「んー……、授業はいいかな。代わりと言っちゃなんだけど、図書館の場所とか教えてくれると助かる」

僅かな逡巡の末、グランはアリサの提案を断る。

確かに情報収集を目的とするなら授業を聞くのは効率的にもいいのかもしれないが、今はそれ以上にこの世界の一般的な知識の方が知りたかった。

授業を聞くのはその後でも構わないだろう。

それからグランは、アリサに大体の図書館の場所を聞いて教室を出た。


「……ふぅ。さすがに一気に読むと存外疲れる」

今、グランの目の前には既に読み切った分厚い本が何冊も重ねられていた。

そしてちょうど今読み終えたばかりの本がまた一冊、そこに追加される。

普通の人であれば、恐らく一日に一冊読めるかどうか。

本をよく読む人であったとしても、数冊が限界だろう。

そんな本を既に十冊以上も読み終えているグランだったが、その早さには理由があった。

グランは一冊の本の中でも、自分が求めている情報かどうかを見極めながら、不必要な部分は飛ばして読んでいたのである。

とはいえ、今までグランが呼んでいたのは主に歴史書ばかり。

自分が眠ってからこれまでの間に一体どんなことがあったのか、それを調べていたのである。

その結果、ある程度は今の世の中のことについて知ることが出来た。

「……それにしても平民が学園に通えるなんて随分と平和な世の中になったかと思えば、意外にそうでもないらしいな」

積み重ねた本を見ながら、ぽつりと呟く。

「朝聞いた話だと今いるのが『フェルマ国』だったが、大陸の中では弱小国家として有名って……。しかも大国二つに板挟みにされていて、いつ戦争が始まってもおかしくない状態って、ほんとに大丈夫かよ」

何とか現状を維持できているのは、二つの大国がお互いに牽制し合っているかららしい。

しかしそんなものがいつまで持つのか、甚だ疑問である。

「……ま、俺には関係ない話だがな」

グランは頭《かぶり》を振ると、席を立つ。

そして読んだ本を元々の場所へ返していく。

「今日のところはこれくらいでいいか。そろそろ腹も減ってきたし、アリサにたかりに行こう」

そう言いながら悪そうな笑みを浮かべ、図書館の出口へと向かう。

壁にかけてあった時計を見ると、ちょうどお昼時だ。

さすがにそろそろアリサたちの授業も終わっている頃だろう。

そんなグランの予想通り、教室に戻ると既に授業は終わっており、中の生徒たちはそれぞれで昼食をとっていた。

「……ん？　あいつらはどこだ？」

しかし誤算だったのは、教室にアリサの姿が見えないということだ。

居場所を聞こうにも、今朝方に自己紹介したばかりのリリィとミラの姿も同じく見えない。

もしかしたら三人で購買か食堂にでも向かったのだろうか。

前者ならまだいい。

しかし後者となると困る。

グランは今日初めて学園に来たばかりで、食堂がどこにあるかなんて知らない。

最悪そこら辺の生徒に聞くしかないが、制服ではないグランはどうやら悪目立ちしてしまっているらしく、簡単に声を掛けられそうな雰囲気ではない。

「……困った」

腹が減っては戦はできぬ、と言うくらいだ。

決して我慢できない程度のものではないが、かと言って昼飯抜きにするつもりは全くない。

やはり覚悟を決めて、誰かに食堂か購買の場所を聞くしかないか……。

ちょうどグランがそう思い立った時――。

「あなたにはそんなこと関係ないでしょッ！」

やけに聞き覚えのある叫び声が、遠くから聞こえてきた。

# 第二話　グラン、決闘する

午前の授業が終わり、アリサたち三人は購買へと向かっていた。

「ネクロマンサーの使い魔って、勝手にアンデッドとかかと思ってました」

「分かる。ここだけの話、匂いとかもきついのかと思ってた」

意外そうに言うミラとリリィに、アリサが苦笑いを浮かべる。

「大丈夫よ。私も蘇生させたときはゾンビが出てくるとばっかり思ってたから。というか普通はアンデッドが大半だと思う」

まあ他のネクロマンサーのことを詳しくは知らないので正確なことは言えないが、世間一般で言うネクロマンサーのイメージがアンデッドを使役することなのは間違いない。

「でもついこの前、適正職業を調べてもらったばかりなのに、もう使い魔がいるなんてさすがアリサちゃんです！」

「そ、そうかしら。でもいずれ国政にも携われるようにするためには、このくらいは当然よ！」

ミラの率直な誉め言葉にアリサは謙遜したように言うが、その表情を見る限りでは満更でもなさそうだ。

しかし、そんな和やかな三人の雰囲気に横槍を入れる者が一人。

「ネクロマンサーである君が国政に携わる、だって？　それは一体どんな冗談だい？」

「……セミール」

声のした方を振り返ったアリサが憎らしげに睨む。

男が極端に苦手というミラはいつの間にかアリサの背後に回っており、リリィは我関せずとばかりにそっぽを向いている。

確かにセミールが絡んできた原因はアリサだがもう少しくらいは友人として心配してくれてもいいのではないだろうか、と思わなくもない。

しかし二人がそういう性格だということはアリサも既に承知済みだ。

だから結局は自分自身で解決するしかないのだが、セミールに関してはアリサも正直あまり関わりたくない。

以前から苦手なタイプではあったのだが、適正職業を調べ終わったあたりから、事あるごとに絡んでくるようになったのだ。

何でも、セミールの適正職業は「魔法使い」だったらしい。

魔法使いと言えば、数ある適正職業の中でもかなりの人気を誇る。

それに引き換え、アリサは底辺職業だとか落ちこぼれだとか言われるネクロマンサー。

まさに絡む相手としてこれ以上ないくらいに絶好の的だったのだろう。

「君みたいな落ちこぼれが万が一にでも国政に関与できるわけがないだろう？　今この国が求めているのは僕みたいな優秀な人材であって、君みたいな落ちこぼれじゃ決してないんだ」

「それを決めるのはあなたじゃなくて国でしょ。それとも実際に国が『ネクロマンサーはいりません』なんて言ったのかしら。もしそうじゃなくて個人の意見でそんなことを言ったのなら、私を含む全ネクロマンサーを敵に回すことになるわよ？」

「べ、別にそこまでのつもりで言ったわけじゃない。勝手な誤解をしないでもらえるかな」

アリサの反論に僅かに焦りの色を見せるセミールだったが、それも無理はない。

アリサがそうだったように、適正職業がネクロマンサーだった者は少なからずいる。

いくら適正職業が魔法使いのセミールとはいえ、それをたった一人でどうこうしようなんてあまりに非現実的な話だ。

しかしそんなことを話している間にも、次第に人目が集まってくる。

購買に行く途中の廊下のど真ん中だったのがまずかった。

「それじゃあ話が済んだのなら、私たちは行くわね」

今朝のこともあるし、これ以上の人目を集めたくはない。

そう思ったアリサが踵を返した時だった。

「姉二人は優秀なのに、アシュレイ家も可哀想だな」

「……何ですって？」

聞こえてきた言葉に思わず足を止める。

振り返ったアリサはこれまでにないくらい感情をあらわにして、セミールを強く睨んでいる。

「ア、アリサさん」

「アリサ」

そこで初めて周りの二人が心配そうに声をかけるが、既にアリサの意識にはセミールしかいない。

セミールはそんなアリサの眼力に一瞬だけたじろぐが、すぐにいつもの余裕そうな笑みを浮かべる。

「別に間違いじゃないだろ？　君のお姉さんたちと言えば、諸外国でも噂になるくらいの有名人じゃないか。それこそ君が言う国政の最深部にまで関与できるようなエリートだ。それなのに君と来たら」

「あなたにはそんなこと関係ないでしょッ！」

アリサが、セミールの言葉を遮った。

突然の叫び声に、これまで二人の会話に気付いていなかった生徒たちの視線も集まり始める。

近くの教室からは何人もの生徒たちが何事かと顔を覗かせたりもしていた。

そこでようやく自分が大きな声を出してしまったことに気が付いたアリサが、思わず顔を俯かせる。

完全に我を忘れていた。

だが、アリサにはどうしてもセミールの言葉を看過することは出来なかったのである。

ただやはり、場所が悪すぎた。

「……っ」

周りからの視線は時が経つにつれて更に増えていく。

その視線はもはや、何十などでは足りないほどだ。

いくら俯いているとはいえ、アリサだって当然その視線の数々には気付いている。

あまりの居心地の悪さに、アリサは顔を上げることが出来ない。

というかその場から離れることすら出来ないほどに、身体が固まってしまっている。

どうやらそれはセミールの方も同じようで、まさかこんなことになるとは思っていなかったのか、その額には冷や汗のようなものが浮かんでいる。

まあセミールの場合、たくさんの視線というよりはアリサの叫び声の方に驚いてしまっているだけという可能性もあるが……。

「あ、こんなところにいたのかよ。教室からいなくなるなら、昼飯のこととか教えてからにしてくれよなぁ。こっちは腹が減って死にそうなんだ」

しかし、そんな状況を全く意に介さない者が一人。

あまりに今の雰囲気に似合わない間延びした声に、皆の視線が一瞬でそちらに集まる。

思わずアリサも顔を上げて、声のした方を振り返る。

そこにはどこか不満そうな表情のグランが、こちらに向かって歩いてきていた。

これまでアリサを苦しめていた視線の数々を受けても、全く気にした様子がない。

それほどの胆力を持っているのか、もしくはとんでもなく鈍感なだけなのか。

今のところどちらが正解なのかは分からないが、とりあえず助かった。

「わ、悪かったわね。でも今、購買であなたの分の昼ご飯を買おうと思ってたのよ」

「そうなのか？　でもそれにしたって随分と時間がかかってるような気がするが……」

「そ、それはこいつがまた絡んできて……」

アリサは未だに固まっているセミールを指さしながら言うと、グランが訝しげに睨む。

するとアリサに「こいつ」呼ばわりされたからか、ようやくセミールが我に返る。

「ぼ、僕は別に絡んだわけじゃない。ただ、ゴミはゴミらしく底辺を這いつくばっていればいい、とアドバイスしてあげただけだ」

「ゴ、ゴミはゴミらしく……っ⁉」

あまりに端的な言葉に、再び声を荒げそうになったアリサだったが、何とか堪える。

これ以上視線が増えるのは、さすがに勘弁したい。

ミラとリリィも居心地が悪そうにしている。

しかし、その言葉を聞いたグランはどういうわけか感心したような表情を浮かべる。

「嫌そうな奴だと思っていたが、お前も意外に良いこと言うんだな！」

そして、何とそんなことを言ってのけた。

嫌そうな奴と言われて口の端をひくひくさせるセミールと、「あんた何言ってるの!?」と驚愕の表情を見せるアリサ。

しかしグランは相変わらずそんなことを気にした様子は全くない。

「お前の意見には俺も大いに賛成なんだが、一つだけ聞いて良いか？」

まだ何か言いたいことがあるのか、と思わず身構える二人。

アリサに至っては、その言葉の内容次第ではグランの足を思いっきり踏んでやる用意が既に出来ている。

そんな状況で、グランはふてぶてしいほど満面の笑みを浮かべながら言った。

「じゃあどうしてお前みたいなゴミ代表が這いつくばっていないんだ？」

セミール＝イヴォ＝アンドリヒのこれまでの人生を一言で説明するならば「順風満帆」だった。

貴族の家の長男に生まれ、大事に育てられた。

容姿も決して悪くはなく、特に何をしているというわけではないのに勉強も運動もそれなりに出来た。

更に最近では数ある職業の中でも人気の「魔法使い」の適正があることが分かった。

まさに、順風満帆。

そしてきっとこれからもそうなのだろう、と本人は疑わなかった。

だからそれを言われた時、すぐには理解できなかった。

「……誰が、ゴミだって？」

セミールの額には青筋が浮かんでいる。

しかしそんなことグランは気付かない。

否、気付いているのかもしれないが、そもそも興味が無いのだろう。

「お前だよお前。あー……何だっけ。確か名前を聞いた気もするけど、ゴミの名前なんていちいち覚えてる方がおかしいだろうし別に普通だよな？」

「セミールだ‼　セミール＝イヴォ＝アンドリヒ！」

「いや、そんなご丁寧に教えてもらっても数分後には忘れてると思うぞ？」

「……ッ！」

どんどん加速していくグランの煽りに、セミールがついに限界を迎えた。

「――決闘だッ！」

セミールが一際大きな声で叫ぶ。

その言葉にアリサたちだけでなく、様子を窺っていた生徒たちも驚きの表情を見せる。

ただ一人、グランだけが人を小馬鹿にしたような笑みを浮かべているが……。

「ゴミと決闘するつもりなんて全くないんだけどなぁ」

「逃げるのか⁉」

「……とか言われそうだから、決闘してやってもいいぞ」

「っ――！」

煽られる耐性がついていないのか、セミールの顔は既に真っ赤だ。

「十分後、訓練場に来い」

しかし、これ以上ここで騒ぐのはやめた方が良いと悟ったのか、セミールはそれだけを言い残すとどこかへ行ってしまった。

それに釣られてその場にいた何人もの生徒たちがセミールの後を追う。

もしかしたらセミールの向かった方が訓練場とやらで、後を追っていった生徒たちは決闘を見物する気なのかもしれない。

そんな中でグランはというと、アリサに話しかけようとしている。

もちろん購買の場所を聞くためだ。

グランにとっては決闘なんかよりも空腹を満たすことの方が大事だった。

だが、アリサにとってはそういうわけにもいかなかったらしい。

もの凄い勢いで、グランの胸倉に掴みかかった。

「な、何やってるのよこの馬鹿!!」

「ば、馬鹿とは何だ。藪から棒に」

「馬鹿って言ったら馬鹿でしょ！　何でいきなり現れたあんたが、あいつと決闘することになってんのよ！」

声を張り上げるアリサ。

その声に少なからず視線が集まるが、先ほどと違ってアリサは全く気にしていない。

というかそれを気にする余裕がないと言った方が正しいだろうか。

「別に俺から提案したわけじゃない。決闘しようって言いだしたのはあいつだ」

「あんたが煽ったからでしょ！」

しかしグランは「俺は本当のことを伝えたまでだ」と、自分に非があると認める様子はない。

そんな姿にこれ以上何かを言うのは諦めたのか、アリサが大きな溜息を吐く。

「……とりあえず決闘だけは何とかして避けて」

ふと真剣な顔に戻ったアリサが、強く言う。

「いや、無理だろ。見物に行った生徒もかなりいたみたいだし、決闘をばっくれようもんなら、そいつらの反感を買ってもしかたないぞ？」

「そ、それはそうかもしれないけど……。あ、あんたがセミールに謝れば——」

「俺に謝る気などない」

決め顔でそう言ってのけるグランの頬を思いきり殴りつけてしまいそうになるが、何とか堪える。

しかしこのままではグランとセミールが本当に決闘することになってしまう。

それだけは何としてでも避けなければならなかった。

「適正職業が『魔法使い』っていうのは――」

「なあ、訓練場がどこか教えてくれないか？」

「……あっち」

「お、サンキュ」

アリサが話しているのを無視して、グランは隣に立つリリィに尋ねる。

相変わらずの無表情だったが指さして教えてくれさえすれば、今はそれで十分だった。

「あっ、グラン！」

制止の声も無視して訓練場の方へと走っていくグラン。

アリサは思わず、訓練場の場所を教えたリリィへ不満の意を込めた視線を向ける。

が、リリィに責任があるわけではないと思いなおすと、自身もすぐに訓練場へと走った。

しかしそんな苦労も空しくアリサたちが訓練場に着いた時、既にグランとセミールは対峙していた。

どうやら一足遅かったらしい。

決闘を見物する生徒たちは、どういうわけか廊下で騒いでいた時よりも遥かに多い。

恐らくたった十分の間で学園中に決闘のことが広まったのだろう。

これだけの衆人環視の中では、今さら二人の下へも行けない。

そこでようやくアリサは、もはや決闘を止めることは出来ないということを悟った。

「逃げずに来たことは褒めてやる。だから今謝るなら許してやらないこともないぞ」

訓練場で待っていたセミールは初め、グランは決闘には来ないだろうと思っていた。

グランが口だけの男にせよ、そうでないにせよ、少なからずアリサが命じてでも決闘に行かせないようにすると思っていたのだ。

何故ならアリサは、セミールが「魔法使い」であるということを知っている。

そして「魔法使い」というのが一体どんな存在であるか、よく知っているからだ。

「何寝ぼけたこと言ってるんだ、お前。というより出来れば早くしてくれないか？　こっちは昼飯食ってなくて腹減ってるんだ」

「……君はどうやら僕を本気で怒らせたいようだね」

しかしその予想はどうやら外れたようだ。

グランは訓練場に来た。

そしてあまつさえ決闘を続ける気でいるらしい。

「もう、止められないからな」

既にかなりの人目もある。

今更、決闘は中止ですなどとは言えない。

最後の譲歩だった謝罪の言葉についても断られた。

であればもはや躊躇する必要はない。

魔法使いとして全力で潰す、ただそれだけだ。

「あ、そういえば決闘ってからには何かしら賭けたりするのか？」

しかしグランは相変わらず不遜な態度のまま。

思わず顔を顰めるが、セミールは素直に答える。

「こういう私闘での賭け事は禁止されている」

「何だよそれー、つまらなすぎるだろ」

「つまらないとか言われても、それがルールだ。……ただ、そうは言っても小さい賭け事程度なら、個人の采配ということで黙認されている」

それでも不満そうなグランに、セミールは溜息を吐きながら妥協案を伝える。

するとそこで初めてグランが目を輝かせた。

「それなら俺が勝ったら今度昼飯でも奢ってくれよ」

「ま、まあそれくらいなら全然構わない。もし僕に勝てれば、の話だけどね」

「とびっきり高い奴を奢らせてやるぜ。……それで万が一にでもお前が勝ったらどうするんだ？」

「……僕は自分の強さを誇示できればそれでいい。幸い、見物人も多いようだしアピールするには絶好の機会だからね」

万が一、という言葉に一瞬だけ顔を曇らせたセミールだったがすぐに余裕そうな笑みを浮かべる。

それに引き換えグランときたら、既に豪華な昼食を期待しているのか涎が垂れそうになっている。

「……そろそろ始めようか」

「俺はいつでも構わないぞ？　お前の好きなタイミングで初めてくれ」

「……じゃあこのコインを投げてから、地面に落ちたら開始の合図だ」

そう言って、セミールは勢いよくコインを空へ投げる。

綺麗な螺旋を描きながら落ちてくるコインを眺めながら、セミールは気を引き締めた。

魔法使いにとって唯一の弱点といえば、開幕速攻に弱い、ということくらいだ。

何故なら魔法を発動するのに少なからず時間を要するため、機動力抜群の近接タイプの開幕での速攻への対応は難しいのだ
逆に言えば、それさえ凌いでしまえば後は魔法使いが圧倒的に有利ということである。

それが魔法使いと決闘する際の、世間一般で言う常識。

さすがにそれくらいはグランでも知っているはず。

だからこそ、セミールはコインが地面に落ちたその瞬間――真横に飛んだ。

やって来るであろう開幕速攻の手から逃れるためである。

もちろん、その間にも魔法の準備は怠っていない。

しかし、そんなセミールの予想は大きく外れることになった。

「……ふわぁ」

コインが落ちるのと同時に突撃してくると思っていたグランは今、暢気《のんき》に大きな欠伸をしていたのである。

あまり暢気っぷりに、魔法を放とうとしていたセミールまでもが発動を止めてしまった。

「な、なんのつもりだっ⁉」

決闘の最中とは思えない行動に、セミールが叫ぶ。

「いや、日差しが良い感じに温かいから絶好のお昼寝日和だな、と思って」

そう言うグランの表情はいたって真面目なものである。

しかしそれがかえってセミールを苛立たせた。

「……もう容赦しない」

グランを強く睨むセミールの頭上に、小さな火の玉が生まれる。

それは次第に大きくなっていき、遂にはグランを包み込めそうなほど巨大な炎の玉が出来上がった。

硬直していた決闘に大きな動きがあったことで、見物に来ていた生徒たちは大いに盛り上がる。

「なっ⁉　セミール⁉」

しかし端の方で決闘を見ていたアリサは、セミールの使おうとしている魔法に思わず目を見開いた。

だがその声は周りの歓声によって打ち消され、二人の下には届かない。

仮にその声が届いていたところで、もうセミールには止まる気は無かった。

「せいぜい死なないように努力することだな」

セミールは目を細めてそう言うと、その炎の玉をグランへと放った。

対するグランはというと、迫りくる炎の玉をぼうっと眺めながら——欠伸をしていた。

「っ……!?」

これにはさすがのセミールも度肝を抜かれた。

相殺することは出来ないにせよ、避けるなりすると思ったのだ。

しかし今のグランには何かする気配もなければ、避ける気配すら見受けられない。

正真正銘、棒立ちなのだ。

このままでは本当に死んでしまうかもしれない。

というかあの魔法を生身で受けたりすれば、十中八九そうなるだろう。

それだけの魔法を、セミールは使ったのだ。

そして決闘を見守るアリサも、それだけの魔法をセミールが使えることが分かっていた。

「魔法使い」という存在が、それだけの力を持っているということを知っていたからこそ、何としてでも決闘を止めさせたかったのである。

しかし、結果として決闘を止めることは出来なかった。

そして今、もはやセミール本人でさえ止めることが出来ない巨大な炎が、グランへ襲いかかった。

グランを包むと同時に大きく弾ける炎の玉。

決闘を見守る生徒たちは、爆発の余波に思わず目を細める。

視界が真っ赤に染まる中で、場内は歓声と悲鳴に包まれた。

「……っ！」

グランを使い魔として蘇生させた新米ネクロマンサーであるアリサは目の前の光景に、ただ立ち尽くすことしか出来ない。

さすがのアリサも、まさかこんなことで自分の初めての使い魔を失ってしまうなんて思ってもみなかった。

もしあの時、セミールに絡まれていなければ。

教室でグランを待っていれば、どうにかして二人のやりとりを止めていれば。

アリサの胸中は今、後悔で埋め尽くされていた。

そして魔法の残り火を呆然と眺める者がもう一人。

決闘の当事者であるセミールも、自分が引き起こした事態に息を呑んだ。

結局、グランは最後の最後まで避けたりする気配は見られなかった。

それどころか炎がぶつかる直前、グランが口の端を釣り上げたようにさえ見えた。

しかし何はどうあれ、あの魔法をもろに喰らって無事でいられるはずがない。

いくら頭に血がのぼっていたとはいえ、さすがにやりすぎてしまった。

未だに燃え続ける炎を眺めながら、セミールは人知れず自分の行動を後悔していた。

「確かにそこそこの威力はあったな。まあ、あれだけ自信たっぷりに豪語できるだけのものかって考えたら微妙なところだけど」

「…………は？」

だから炎の中から傷一つないグランが現れた時、その場にいる誰一人として、自分の見ている光景を理解することが出来なかった。

「な、どうして……」

グランと対峙した時もあれだけ余裕そうだったセミールでさえ、その姿に思わず後退《あとずさ》る。

そしてそれはアリサも同じで、あれだけ後悔していたにも関わらず、今では使い魔が生きていてくれたことに対する感動も忘れて、目の前の光景に混乱していた。

しかし当の本人であるグランは皆の視線を一身に受けながらも、相変わらず不敵な笑みを絶やさない。

「今だからもう一度言うが、俺はお前の言っていた『ゴミはゴミらしく』ってのは本当にいい意見だと思っている。でもな、それを俺が言うわけにはいかないんだ。どうしてだか分かるか？」

――つまらないからだよ、とグランが告げる。

「つま、らない……？」

「あぁ、つまらないね。つまらなすぎる」

大仰に首を振ってみせるグラン。

そして、言った。

「だって俺は世界最強なんだぜ？」

――と。

その不敵な笑みからは自分の言葉に疑いなど一切持っていないことが容易に窺える。

つまりグランは正真正銘、心から確信をもって、そう言ってのけたのである。

「俺はお前のことをゴミって言ったけど、それは別に恥じることじゃない。だって世界最強の俺からしたら、ここにいない奴らも含めて、俺以外の奴なんて全員ゴミみたいなもんだからな」

「なっ……!?」

何を馬鹿な――というセミールの言葉は、それ以上紡がれることは無かった。

突然の重圧が、セミールを襲ったのである。

到底耐えられるはずがないほどの重圧に思わずセミールは這いつくばる。

決闘を見守るだけの者からすれば、一体何が何だか分からないだろう。

しかしアリサを含む数人は、それがグランによって引き起こされたことを瞬時に理解した。

そしてもちろん当事者であるセミールも。

「これは……空間、魔法ッ!?」

魔法使いであるセミールは、その魔法のことを少なからず知っていた。

今の世の中でも数えられる程度の魔法使いしか使うことが出来ないと言われている空間魔法。

それをいとも容易くグランはやってのけたのである。

地面に這いつくばりながら、セミールは遠くで立ち尽くすアリサを睨む。

「お前は、一体どんな化け物を蘇らせたんだ……ッ」

当然その声はアリサまでは届かない。

しかしグランの耳には届いた。

「化け物、か。お前らはいつだって同じような反応しかしないよな。だから、つまらないんだよ」

そう言った時初めてグランの表情に僅かに影が差したように見えたが、すぐにいつもの不敵な笑みに戻ると、惜しげもなく空間魔法を解除する。

「俺の勝ちでいいよな？」

勝負の行方は誰が見ても明らかだった。

地面に這いつくばるセミールにはもはや戦う意思が全く感じられなかったのである。

「じゃあ今度昼飯奢ってくれよな。もちろん高いやつ」

そう言ってグランはセミールの下を離れる。

向かう先にいるのはご主人様、アリサだ。

色々と理解できないことがあったにせよ、二人の決着に訓練場が歓声に包まれそうになった時
――。

「止まりなさい！」

突然、声が響いた。

グランが振り返ってみれば、セミールを守るように一人の女が立っていた。

よく見れば、その他にもグランを囲むようにして何人もの男女が油断なく剣や杖を構えている。

「せ、先生⁉」

そんな彼らを見て、アリサが驚いたように声をあげる。

グランは知らないが、その反応を見るにどうやらこの学園の教師陣の面々がほとんど揃っているらしい。

何とも遅い登場だとグランは呆れずにはいられないが、とりあえず今はアリサの隣で大人しくしている。

するとセミールの前に立っていた女教師が代表で用件を告げた。

「あなたたちを学園長がお呼びです」

「が、学園長が!?」

その言葉にアリサがこれまでに見たことがないくらい驚いた表情を見せる。

「あー……、俺まだ昼飯食ってないから腹が減ってるんだが……」

そんなグランの要望を聞く者は誰もいない。

どうやらすぐに学園長とやらに会いに行かなければいけないらしい。

「学園長に呼ばれるなんて、あなた一体何者なの……?」

女教師に先導されながら訓練場から出て行く途中で、アリサがぽつりと呟く。

それだけ今の状況は異常だったのである。

そしてもちろん、決闘についても色々と聞きたいことがあった。

たくさんの生徒たちから視線を受け、これだけ緊迫した空気の中でも不敵な笑みを浮かべるグランは、アリサの隣を歩きながらそっと耳打ちした。

「俺は、魔王なんて呼ばれたりするような存在だよ」

# 第三話　学園長からの呼び出し

「し、失礼します」

学園長室に連れてこられたアリサは緊張の面持ちで、扉をくぐる。

そんなアリサとは対照的に、グランは相変わらずの傲岸不遜な態度のままだ。

その余裕の一欠片だけでも自分に寄越せとアリサは思わず睨むが、そのせいで僅かにだが緊張が解けたような気がした。

ただ、それがグランのお陰であるなどということは決して認めるつもりはなかったが。

「あなたはアシュレイ家の……」

「……は、はい。ア、アリサと申します」

「知ってはいるかもしれませんが、私はこのフェルマ国立学園の学園長を務めているルルアナ＝ミューズです」

だがそんな僅かな余裕も、部屋の主に声をかけられればすぐに失われてしまう。

アリサは慌てて姿勢を正し、しどろもどろになりながら答える。

普段の勝気なアリサの姿を知る者が見れば、驚きを禁じ得ないだろう。

しかしアリサがそんな風に縮こまってしまうのも無理はない。

なぜならアリサたちをこんなところにまで呼び出した張本人である学園長、ルルアナ＝ミューズは、歴戦の英雄として諸外国にまでその名を轟かせるほどの実力者だ。

そして更には実力に驕らない人格者としても知られている。

フェルマに住む者でルルアナ＝ミューズの名を知らない者はいないと言っても過言ではないだろう。


かつていくつもの戦場を救った英雄は、まさに皆の憧れだった。

そんな存在が、今目の前にいる。

その状況に一介の生徒でしかないアリサは緊張せずにはいられなかった。

そもそもアリサはこれまでルルアナの姿を遠目でしか見たことがなく、詳しい容姿などについては人づてにしか聞いたことがなかった。

だが今目の前で椅子に座るルルアナを見て一番最初に思ったのは、何より若いということだ。

否、若いなどというレベルでは済まないくらいに若すぎる。

ルルアナが前線で活躍したのは、今からざっと三、四十年前。

それ以来、引退して学園長職に就いたと聞いていたのだが……。

今アリサの目の前にいるのは、どう見ても二十代半ばほどにしか見えない美人だ。

正直なところ、ここまで案内してくれた教師たちよりも若く見える。

しかしそれでは辻褄が合わない。

普通に考えればルルアナは学園長ではないということになってしまう。

だがそれ以上に、ルルアナが身に纏う威厳やら風格やらの雰囲気が、彼女が学園の長であるということを何より証明していた。

「ま、この世の存在の全てが見た目通りの年月しか生きていない、というわけではないということさ」

アリサの胸中を察したのか、グランがふっと息を吐きながら言う。

思わず「なんて失礼なことを言ってるのこいつ⁉」と目を見開くが、それを聞いたルルアナに気分を害した様子はない。

「若作りも楽じゃないんですよ？」

そう言って肩を竦めるルルアナは、やはり人格者として広く知られているだけある。

しかしすぐに真剣な表情に戻ったかと思うと、今度はその視線を——グランへと向けた。

「単刀直入に言います。あなたは『魔王』ですね？」

「っ……！」

その言葉に一番反応したのは他の誰でもない、アリサだった。

「まあ当然と言えば当然ですが、アリサさんはそのことを知っていたんですね」

そう言いながらもどこか意外そうに呟くルルアナに、アリサはどう答えればいいか分からず視線を彷徨わせる。

するとどういうわけかそんなアリサを庇うように、グランが一歩前に出る。

「いや、こいつは間違いなく俺のことは知らなかった。ついさっき、決闘が終わった後にこっそり教えるまではな」

「そうだったんですか。それは良かったです」

そう言って安心したように微笑むルルアナだが、当事者であるアリサには何が何だか分からない。

自分がグランのことを知らないことの、一体何が良かったのか。

そしてそもそもグランは本当に魔王なのか。

聞きたいことは山ほどあったが、学園長であるルルアナに対しておいそれと話しかけるのは何となく気が引けた。

「そういえばアリサさんはつい最近、ネクロマンサーになったんですよね？」

「そ、そうです」

正確にはネクロマンサーになったというか適正職業として診断されただけなのだが、今はそんな細かいことを指摘する必要はないだろう。

それに実際に一人目の使い魔としてグランを蘇らせたのだから、ネクロマンサーとしてデビューしたと言っても間違いではないのかもしれない。

「聞くところによると彼はあなたの使い魔ということらしいですが、本当ですか？　まあ見るからに間違いではなさそうですけど」

「は、はい。グランって言います」

「じゃああなたは、そのグランさんをどこで蘇生させたんですか？」

「ま、街外れにある墓地です」

「普通の墓地でしたか？」

「えっと、何かやけに装飾が凝ってるなとは思いましたけど」

「……やっぱりそうですか」

ルルアナはどこか難しそうな表情で頷く。

そんなルルアナに、アリサも次第に自分がまずいことをしたのではないかと心配になってくる。

そしてアリサの心配を裏付けるように、ルルアナは苦笑いを浮かべながら言った。

「何でもあの墓地はネクロマンサーたちの間で厳重に管理されている場所で、立ち入り禁止区域にも指定されているようなんです。……理由はもちろん、魔王であるグランさんを蘇らせないためです」

「えぇ!?　立ち入り禁止!?」

告げられた事実に、アリサは驚愕を隠せない。

まさか自分がそんな場所に入っていたとは思ってもみなかったのだ。

それにグランを蘇生させた日には二人以外誰もいなかった。

とても厳重に管理されていたようには見えないのだが……。

「あ、あの私、まさかあそこがそんな場所だなんて知らなくて」

「それは分かっています。グランさんが魔王だということも知らなかったみたいですし」

先ほどの会話はそういうことだったのか、とアリサはようやく納得できた。

だがそれでも問題が解決したわけでは決してない。

「恐らくアリサさんは何らかの偶然が重なって墓地に入れたんだと思います。確かあの日は他国の諜報員が見つかったなどと騒がれていましたし。警備の者の手がそちらに割かれていたのでしょう」

「ぐ、偶然……」

思わず呆然としたようにアリサが呟く。

そこでようやく、自分のしてしまった行動を理解したのだ。

立ち入り禁止区域への侵入。

それに加えて魔王と呼ばれる存在の蘇生。

改めて並べてみると、頭を抱えたくなるような所業だ。

いくら偶然だったからとは言え、そう簡単に許されるようなことではないことは容易に想像できた。

そんなアリサの青ざめた表情から胸中を察したのだろう。ルルアナが「それについては心配しないでください」と優しく告げる。

「アリサさんは私の学園の生徒です。きちんと墓地を管理していなかったあちら側にも責任があるでしょうし、いくらでも情状酌量の余地はあるはずですから」

「が、学園長……」

一介の生徒からしたら天上人のような存在であるルルアナから、そこまで言って貰えたことにアリサは感極まったように頬を上気させる。

しかしそれも次の言葉を耳にするまでの短い間のことだった。

「それに、今回のことについては何より簡単な解決策があるんです」

「簡単な解決策、ですか？」

「知人のネクロマンサーに聞いた話なんですが、ネクロマンサーには使い魔にどんな命令を下すことも出来るんですよね？　まあ、この点については使い魔を使役する職業なら大抵そうだと思うんですが」

だからですね——と、ルルアナは少しだけ勿体ぶりながら言う。

「グランさんに命令して、もう一度お墓に入ってもらえばいいんです！」

「…………」

このアイディア完璧でしょっ、とばかりにドヤ顔を浮かべるルルアナとは対照的に、アリサは頬が僅かに引き攣っている。

よく見れば、その額には冷や汗が流れている。

さすがにルルアナも様子がおかしいことに気付くが、事情を知らない者にとってはどうしてアリサに元気がないのか理解するのは難しいだろう。

アリサはアリサで出来れば話したくないという気持ちで一杯だ。

しかしいつかは事情を説明しなければいけないのだから、とようやく覚悟を決める。

「す、すみません。実は、使い魔とはいっても仮の使い魔というか……」

「仮の使い魔？　アリサさんが蘇生させたんじゃないんですか？」

「そ、それはそうなんですけど。使い魔の契約をこいつ――グランが自分で破棄してしまいまして」

「…………はい？」

そこで初めて、ルルアナが意味が分からないといった風に固まる。

「使い魔契約を破棄、ですか？　主側であるアリサさんが破棄するならまだしも、使い魔側のグランさんが？」

確認するようなルルアナの言葉に、アリサが苦い顔をしながら頷く。

「そ、そんなことが出来るものなんですか？　使い魔が自ら契約を破棄するなんて」

常識的に考えてもそんなことがあり得ないということくらいは、歴戦の英雄として知られるルルアナも当然分かっていた。

しかし目の前でそんなことを言われれば、聞かずにはいられなかったのである。

「……無理だと思います」

そして予想通り、アリサも首を振る。

アリサはふとその時、以前のグランの言葉を思い出した。

『俺なら出来る』

今なら、その言葉の意味がよく分かる。

確かにかつて魔王などと呼ばれたような存在なら、どんな理不尽でも納得できてしまうかもしれない。

それこそ使い魔契約の破棄なんかも。

「今でこそ行動を共にしていますが、グランは今の世の中の情報を集めるためと言っていますし」

だから今の二人の関係は、あくまで仮の使い魔契約に過ぎない。

アリサの命令には強制力もなければ、グランが使い魔として言うことを聞く義理すらない。

もしアリサがご主人様として強制力のある命令を出来たのなら、そもそも先ほどの決闘だって止めることが出来ただろう。

「つ、つまり魔王であるグランさんにもう一度お墓に入ってもらうということは出来ない、と……？」

無言のまま申し訳なさそうに頷くアリサを見て、ルルアナが頭を抱える。

どこか虚ろげに「学園の生徒から魔王を復活させてしまったなんて……」と呟く姿からは、先ほどまでのような威厳は一切感じられない。

その姿はまさに問題児に悩まされているような、どこぞの新任女教師のようである。

いや、学園長であるルルアナからしたら立ち入り禁止区域に入って魔王を蘇らせたりしたアリサなんてのは紛うことなき問題児なのだろうが。

因みにだが当事者であるグランは「ま、さすが俺ってことだな」と満面のどや顔を浮かべている。

アリサは思わずその足を踏みつけてやろうとしたのだが、あっさりと避けられてしまった。

よほど途方に暮れているのか、ルルアナはそんな二人の様子に全く気付く気配がない。

「アリサさん、申し訳ありません。先ほど心配しないで大丈夫と言ったばかりなのですが、こういう状況になってしまった以上、何かしらの処罰は免れないかと……」

恐らく先ほどの案が、ルルアナにとっての切り札のようなものだったのだろう。

もしかしたらそれでアリサの処罰や、学園の評判をどうにかしようと考えていたのかもしれない。

しかし、歴戦の英雄であり学園長であるにも関わらず頭を下げてくるルルアナに、今度はアリサが慌てる。

アリサは自分自身で既に自分の行動がまずかったことを理解していたし、何らかの処罰を受けることになっても仕方ないと納得していた。

むしろ今の時点で厳罰を受けていないことを感謝すべきだろう、と。

だからこそこれ以上、学園長に頭を下げさせるにはいかなかった。

だが、そんな二人の雰囲気を知ろうともしない者が一人。

「おいおい。俺を復活させたことが褒められこそすれ、責められるとはおかしいな。仮にも俺のご主人様に向かって」

「なっ⁉」

アリサが「こいつ何言ってるんだ⁉」と目を見開き何かを叫びかけるが、それよりも前にグランがその口を無理やり手でふさぐ。

そして必死に抵抗するアリサを無視しつつ、今度はその視線をルルアナへと向ける。

「なあ、その辺りどういう考えてるんだ？」

「そ、それは……。いや、でも今回のことを考えたら処罰が下るのは避けられないですし……」

何せアリサが蘇生させたのは魔王。

しかも使い魔契約が破棄されているせいで、再び墓地に入らせることも出来ない。

つまり今回のアリサの行動は、かつての魔王を世へ放ったことと同じなのである。

例えルルアナが学園長として処罰をしなかったところで、別方面から処罰が下るのは時間の問題だろう。

蘇った魔王をもう一度死なせることで、それらの処罰を何とか軽減しようと思っていたルルアナの計画は、グランが使い魔契約を破棄してしまったことで破綻してしまった。

「――っ⁉」

だから最早、処罰は免れない――そう言おうとした時、ルルアナは背筋が凍るような感覚に思わず目を見開いた。

「二度は言わない。喧嘩を売る相手を間違えるなって言ったんだ」

そこにはいつもの不敵な笑みの一切を消したグランがいた。

その真っ黒な瞳は、ただじっとルルアナだけを射抜いている。

たったそれだけで、ルルアナはこれまでに何度も潜り抜けてきた窮地より何倍も濃い死の気配を感じずにはいられなかった。

しかし、それを感じたのは一瞬だけ。

グランは既にいつもの不敵な笑みを浮かべている。

その表情からは今自分が感じていた死の気配はとても感じられず、今のはもしかして幻覚だったのではないかと疑ってしまったほどだ。

アリサに至っては、口を塞ぐグランに抵抗するのが必死でそもそも今のことに気付いてすらいないらしい。

そうなればますます幻覚なのではと思ってしまいそうになる。

だが、それが幻覚などでないということはルルアナ自身が一番よく分かっていた。

そして間近に感じた死の気配が決して偽りなどではないということも。

「……処罰については、出来る限り最低限のものになるように尽力させていただきます」

「もごっ⁉」

何かを悟ったように突然頭を下げるルルアナに、相変わらず口を塞がれたままのアリサの驚きの声が学園長室に響き渡った。

# 第四話　当主様からのお願い

「おいおい。他の奴らが真面目に授業を受けてるっていうのに、うちのご主人様ときたらサボリですか？」

「サボリじゃないわよ！　あれだけの騒ぎの後だからって学園長が気を利かせて早く帰らせてくれたのよ！」

学園長との話も終わった今、二人はそのまま帰路についていた。

「大体、こんなことになったのも全部あんたのせいでしょ!?」

「元はと言えば、魔王を復活させたりしたご主人様のせいだけどな」

「うっ、そ、それは……」

グランの指摘にアリサは思わず言葉に詰まる。

確かに魔王《グラン》を蘇らせてしまったのは他の誰でもないアリサだ。

しかもよくよく聞けば、あそこはネクロマンサーの間で立ち入り禁止区域に指定されているような場所だったらしい。

いくらアリサがネクロマンサーになりたてだったとは言え、それで全ての行動が許されるほど世の中は甘くない。

だから今回、アリサには相応の罰が与えられるはずだった。

しかし学園長は『……処罰については、出来る限り最低限のものになるように尽力させていただきます』と約束してくれた。

アリサが今回しでかしたことを考えれば、それはあり得ないことだ。

たかが一介の生徒に、歴戦の英雄と名高い学園長がしていい約束じゃない。

だがきっとあの時、学園長はそうするしかなかったのではないか。

「…………」

アリサはふと、隣を歩くグランを盗み見る。

道端の屋台を興味深そうに眺めながら今にも飛んで行ってしまいそうなグランが、あの時何かをしてくれたのだろうということは、もはや疑いようがない事実だ。

しかし一体どうしてグランがそんなことをしてくれたのか、その意図がよく分からない。

あの時、アリサは不幸にもグランの拘束から逃れるのに必死で、どんな会話をしているのかまでは聞き取れなかった。

だが最後の一瞬、対峙するグランを見つめる学園長の瞳が大きく揺らいだのをアリサは見逃さなかった。

歴戦の英雄。

諸外国にまでその名を轟かせる学園長でさえ抗うことが出来ない実力が、グランにはあるということなのだろうか。

——恐らくあるのだろう。

そんなグランが今、自分の使い魔として行動を共にしてくれている。

グランの力さえあれば、ネクロマンサーとして大成することが出来るかもしれない。

否、間違いなく出来るだろう。

それどころか、これまで絶対に超えられなかった壁をいとも容易く飛び越えることだって出来るかもしれない。

その事実に、アリサは高揚せずにはいられなかった。

しかし、一つだけ大きな問題がある。

それは、グランとの使い魔契約が正式なものではないということだ。

グランがアリサの使い魔として行動を共にしてくれているのは、あくまで情報収集のため。

数百年の眠りから覚めたグランが今の世の中のことを多く知るためである。

つまり行動を共にするか否かの判断は、全てグラン次第ということだ。

もし明日、グランが情報収集は十分だと思ってしまえば、それで二人の関係を繋ぐものは何一つとしてなくなってしまう。

そうなればアリサはまた落ちこぼれの新米ネクロマンサーに逆戻り。

それだけは絶対に避けたかった。

せっかく掴んだ成り上がりのチャンスをそう易々と手放してやれるほど、アリサに余裕はなかった。

だが現状、こちらからグランを縛ることは出来ないのも事実。

だからどうにかしてグランを使い魔として引き留めていられるものを用意しなければいけないのだが、グランのために一体何を用意すればいいのか皆目見当がつかない。

しかもそれがアリサに用意できるものじゃないといけないというのがまた難しい。

いっそのことグランに直接聞いてみるか。

そう考えて、アリサは首を振る。

グランのことだ。そんなことをすればすぐに足元を見られてしまうかもしれない。

やはりどうにかしてグランを引き留めていられるだけのものを見つけなければ……。

「おかえりなさいませ、お嬢様。そしてグラン様」

そんなことを考えている内に、いつの間にか屋敷に着いてしまったらしい。

出迎えてくれた老執事に軽くお礼を言いつつ、屋敷に入る。

因みに昨日の内にグランのことは使い魔として紹介が済んでいる。

使い魔にまで丁寧に接する必要はないと伝えたのだが、老執事曰く『お嬢様の使い魔様を無碍にするわけにはいきません。それにグラン様には並々ならぬ威厳を感じますので』と譲らなかった。

もしかしたら老執事はその時点でグランの実力を少なからず感じ取っていたのかもしれない。

「アリサぁぁぁぁぁぁあああああああああああああ」

長年仕えてきてくれた老執事の眼力に改めて感心していると、突然大きな声が玄関に響き渡った。

途端にアリサがげんなりとした表情を浮かべる。

それとほぼ同時に一人の男が姿を現したかと思うと、次の瞬間にはアリサの目の前にまでやって来ていた。

「……お父さん」

まさに〝飛んでくる〟と表現するのに相応しい登場を決めてみせたのは、何を隠そうアリサの父。

そしてアシュレイ家の現当主、ジャルベド＝レド＝アシュレイである。

ジャルベドは基本的に温和な性格をしており、立場に驕らない聡明な人物として人民たちからの支持も高い。

「学園長から急に連絡があったから驚いたよ！　変な奴に絡まれたらしいけど大丈夫だった⁉　お父さんが懲らしめに行ってきてあげようかっ⁉」

そして何より、娘であるアリサを溺愛していた。

「大丈夫だから、落ち着いて。確かに変なのに絡まれたけど、そいつはもうグランに決闘でぼこぼこにされたから」

「おぉ！　グラン君が！」

「ジャ、ジャル。別にそんな大したことじゃない。使い魔がご主人様を守るのは当然だろ？」

「それは確かにそうかもしれないけど、僕の大事な愛娘であるアリサを守ってくれることに関しては、どれだけ感謝しても足りないよ！」

アリサの言葉に、今度は感極まった様子でグランの手を握りしめるジャルベド。

さすがのグランもこれには若干引いている。

因みに〝ジャル〟というのはジャルベドの愛称みたいなものである。

呼びにくいからと言って勝手にグランがそう呼び出したのだが、ジャルベド自身は特に気にしておらず、むしろ少し気に入っているくらいだ。

「じゃあ私は部屋に戻るから」

「あっ！　アリサにはまだ話が――」

「また今度にして。今日はちょっと色々あって疲れたの」

ジャルベドの制止の声も聞かずに、アリサはそう言って自室の方へと消えていく。

その場に残されたのはグランとジャルベドの二人だけ。

老執事はいつの間にかいなくなっていた。

「これまた随分と破天荒な性格に育ったたな」

「色々と周りと比べられたりしたせいで性格が少なからず曲がっちゃったっていうのは否定できないね。まあ、アリサはそこも可愛いんだけど」

それは置いといて、とジャルベドは少しだけ真剣な表情でグランを振り返る。

「ちょっと話があるんだけど、いいかな？」

「それは別に構わないが、ちゃんとワインは用意してあるか？」

「あはは。まだ今日は早いからね、仕事が色々と残ってるんだ。ワインは夜の楽しみにとっておくとしよう」

「ま、貴族の当主様ともなればそれくらいは仕方ないか」

少し残念そうに呟きながらも、その表情は既に夜のワインのことを期待しているのか口の端が釣り上がっている。

「じゃあ部屋に行こうか」

「せめて安くていいから茶菓子くらいは用意してくれよ」

「じゃあ適当に紅茶も淹れてもらおうか」

この会話だけでは、一体どちらが家の主なのか分かったものではない。

しかし、当のジャルベドは特に気分を害した様子もなければ、グランと同じように今から夜のことを楽しみにしているのが表情からも窺えた。

玄関から場所を移動して、二人は応接室へとやって来ていた。

二人の間にある長机にはグランの希望通りの茶菓子に、ジャルベドが用意させた紅茶が置かれている。

それらを遠慮なくグランが食べていると、紅茶を一口だけ含んだジャルベドがふいに話し始める。

「まずは魔王であるグラン君にお礼を言わないといけないね」

「何だ、知ってたのか」

「……って言う割にはあまり驚いた感じじゃないね」

自分の言葉を聞いても相変わらず茶菓子を食べる手を休めないグランに、ジャルベドもさすがに苦笑いを浮かべる。

「まあ学園長から連絡を貰ったって聞いた時点で、俺が魔王だと伝わっている可能性くらいは誰だって考えるだろ」

「うーん、そうなのかなぁ」

あまり納得していなさそうなジャルベドだったが、グランは別に冗談を言っているわけでもなければ至って真面目である。

まあ、いつまでも茶菓子を食べ続けてはいるが……。

「それで俺が魔王だって分かった上で、お礼って何だ？」

ただ、グランも言われたことの全てを理解できたわけではない。

グランの言葉を受けて、ようやく本題を思い出したジャルベドは慌てたように首を振る。

「何でもグラン君は現状でアリサとの使い魔契約は切れているそうじゃないか」

「まあ俺が無理やり契約を破棄したんだけどな」

「でもどちらにせよグラン君は今、アリサの使い魔として行動を共にしてくれているわけだろう？」

「それについてはお礼を言うようなことじゃないぞ？　俺がアリサと行動を共にしているのは情報収集のためだし、寝食だってここで世話になってるんだからな」

あくまでも一介の使い魔でしかないグランだが、この屋敷に住むにあたって、アリサやジャルベドと同じレベルの部屋を用意してもらっている。

もちろん食事だってアリサたちと同じだ。

だからアリサと行動を共にするくらい何一つお礼を言われるようなことではないとグランは考えていた。

しかし、ジャルベドは首を振る。

「さっきも言ったけど、大事な愛娘であるアリサを守ってくれることに関しては、どれだけ感謝しても足りないよ」

それに、とジャルベドはどこか物憂げな表情で呟く。

「アリサにとって〝死霊使い《ネクロマンサー》〟という適正職業が、今の世の中でどれだけのハンデになるのかグラン君は知ってる？」

「まあ、不遇な職業だっていうことくらいは」

「確かに一般的な話をするのであれば、それくらいの認識で間違ってないと思うよ。でもアリサに関して言えば、その限りじゃない」

ジャルベドは一旦そこで話を区切ると、紅茶を一口含む。

そして乾いた喉を潤すと、再び語りだす。

「アリサは歴史あるアシュレイ家の娘だ。アシュレイ家の一員たる者、人々の模範でなければならない」

「……だけどネクロマンサーではとても人々の模範にはなれない、ということか」

「こんなことを言うのは心苦しいけど、その通りだよ」

そう呟くジャルベドの表情は暗い。

やはり溺愛している愛娘のことをそんな風に評価するのは、どんな形であれ心苦しいのだろう。

「ただ勘違いしないで欲しいのは、いくら人々の模範になっていなかったからと言って、それで僕がアリサのことをアシュレイ家から追い出すなんていうことは絶対にあり得ない。逆にそんなことをしようとする輩がいたら、アシュレイ家の総力を持って潰す」

「……つまり、アリサ自身がアシュレイ家の呪縛に囚われている、と」

ジャルベドが一層表情を暗くして頷く。

「アリサには姉が二人いてね、今は遠征に行っていて家にはいないけど……。その二人というのが俗に言う〝天才〟ってやつなんだ。昔から色んなことが出来て、適正職業だって二人ともかなり恵まれていた。常日頃からそんな二人と比べられて、アリサは育ってきたんだよ」

グランは玄関でのやり取りを思い出す。

あの時ジャルベドが「周りと比べられたりしたせいで性格が少なからず曲がっちゃった」と言っていたのは、このことだったのだろうと納得する。

「アリサは姉二人に対してすごい劣等感を抱いていてね、何とかして追いつきたいって思っていたんだよ。でも、診断された適正職業は――〝死霊使い《ネクロマンサー》〟だった」

その日は随分と落ち込んでいたよ、と苦笑いしながら言う。

「アシュレイ家の末女の適正職業がネクロマンサーっていうのはすぐに他の貴族たちにも広まってね。やれ落ちこぼれだの、やれ出来損ないだの。アシュレイ家唯一の汚点なんて噂されたりしてね。もちろんアリサ自身が一番強く責任を感じていたよ」

恐らくそれが、ジャルベドの言う「ハンデ」というやつなのだろう。

もしアリサが貴族でも何でもない平民の一人として生まれていれば、たとえ適正職業がネクロマンサーと診断されても、そこまでの不幸や責任は感じなかったはずだ。

奇しくも大貴族の一人として生まれてきてしまったがために、周囲からの視線に晒される羽目になってしまったのだ。

「でも、そんな時に現れたのが――グラン君だった」

その言葉に本当に一瞬だけ、グランの手が止まる。

「突然やって来たグラン君には、当たり前だけど初めはかなり戸惑った。けど、ずっと元気がなかったアリサが嬉しそうに『使い魔第一号よ！』と紹介してくれた時、一人の親として娘の成長が嬉しかった」

久しぶりに笑ったアリサは、驚くくらいに可愛かった。

その時のことを思い出しながら、ジャルベドは微笑を浮かべた。

「使い魔として娘の話し相手にでもなってくれるのなら、アリサが元気でいてくれるなら、それだけでグラン君を家に置く理由は十分だと思っていた。でも、どうやらそれは僕の勘違いだったらしい」

すると何かを思い出したのか、ふいにジャルベドが吹きだす。

「学園長が言ってたよ。『あなたのところの娘さんが魔王を蘇らせて、その魔王には〝ご主人様に手を出すな〟と脅されました！』って」

「脅しとは失礼だな。あくまで俺はアドバイスしただけなのに」

全く心外だ！　とばかりに鼻息を荒くするグラン。

もしこの場に学園長がいたら、全力で抗議していたことだろう。

「まあ結局のところ僕が何を言いたいかというと、魔王とかそういうの全部ひっくるめて、グラン君にはあの学園長を脅せるだけの実力があるんだよね？」

「あのが何を指すのかは知らんけどな」

今の言葉を〝歴戦の英雄〟の信者が聞いたらとんでもないことになりそうだ、とジャルベドは苦笑いを浮かべる。

しかし、否定はされなかった。

ジャルベドは改めて真剣な表情を浮かべて、グランに言う。

「出来ればこれからもアリサについていてやって欲しい」

「……それは無期限で、ってことか？」

対するグランも、今はいつもの笑みを消している。

ちょうど学園長の時と同じような表情だ。

初めて見るグランのそんな表情にジャルベドは僅かに喉を震わせながらも、何とか答える。

「……本音を言えば、そうして欲しい。でもグラン君の実力を考えれば、それは過ぎた願いだ。だから無理は言わない」

――グラン君がアリサの傍にいてくれる、その時まででいい。

その言葉に、グランは僅かに目を見開く。

「それはまた、大貴族のご当主様とは思えないほどに謙虚なお願いだな」

そう言うグランの表情は既にいつもの不敵な笑みが戻っている。

「これでも人を見る目はそれなりにあるつもりなんだ」

「……ったく、魔王に何を期待してるんだか。まあ、蘇らせてもらった分の義理くらいは果たすつもりだけどな」

「それは大いに期待できそうだっ」

ニッと笑うジャルベドに、グランは珍しく降参したように肩を竦めた。

# 第五話　緊急会議

夜も更け、いつも屋敷の中を忙しなく行き来している使用人たちの足音は既に一つも聞こえない。

そんな中でグランが僅かに頬を朱に染めながら、廊下を歩いていた。

こんな夜中まで一体何をしているのかというと、ジャルベドと約束していた通り、色々なワインを飲み交わしていたのである。

とはいえ最後はすっかり酔いつぶれてしまったジャルベドを置いて、グラン一人で用意されたワインを飲み干してしまったのだが……。

「さすが貴族、高いワインが飲み放題だ」

陽気に呟きながら、自室へ向かう途中のグラン。

因みに酔いつぶれてしまったジャルベドは途中でベッドに放り投げてきた。

「…………ん？」

自室の前までやって来たグランだったが、扉に手を伸ばしたところでふと動きを止める。

部屋の中に誰かの気配を感じたのだ。

初めに確認しておくと、グランは誰かと相部屋をしていたりするわけではない。

一人で無駄に広い部屋を使わせてもらっている。

そしてもちろん、こんな時間に誰かを呼び出したりした記憶はグランにはない。

「ただ、刺客にしては随分とお粗末な感じもするが……」

部屋の中に感じる気配に、グランは訝しげに呟く。

しかしすぐに「ま、どちらにせよ俺には些細なことか」と不敵な笑みを浮かべると、欠伸をしながら部屋の扉を開いた。

だが、そんなグランも部屋の中にいた人物の姿に思わず一瞬固まった。

「……夜這いか？」

「ち、違うわよ！」

部屋にある大きなベッドに腰かけていたのは、ネグリジェ姿のアリサ。

しかも随分と生地が薄いのか、かなり透けてしまっている。

グランの発言に顔を真っ赤にしながら強く否定するアリサだったが、普通ならそれ以外に考えられない状況であることは間違いないだろう。

しかし夜中にこれ以上騒がれるのも憚られたため、グランも一旦スルーする。

「こんな遅くまで起きてていいのか？　明日も授業はあるんだろ？」

「そ、それはそうだけど……」

グランの指摘に顔を俯かせるアリサだが、それからも一向に部屋から出て行く気配は見えない。

これはまた面倒だと思いつつ、グランはとりあえず用件を聞くことにした。

「何か用があるんだったら聞くぞ。出来れば手短に頼むが」

と言いつつ、グランはアリサなど無視してベッドに倒れ込む。

たくさん酒を飲んでもはや立っていられない、というわけではない。

酔っていないわけではないが、あくまでほろ酔い程度だ。

「話す気がないなら俺は寝るぞ。睡眠は大事だからな」

「べ、別に話す気がないわけじゃ」

「つまり何か用があるんだろ？」

「うっ……」

そこでようやく鎌をかけられたことに気付いたアリサは気まずそうに視線を逸らすが、時すでに遅し。

その反応をしてしまった時点で、もはや言い逃れは出来ない。

「じゃあああと十秒で用件を言わないと、問答無用で部屋から追い出すからな。はい十ぅー、九ぅー、八ぃー」

「わ、分かったわよ！　言えばいいんでしょ言えば！」

本当にカウントダウンを始めるグランに、アリサがやけくそ気味に叫ぶ。

そしてそれこそが狙いだったグランは、その口の端を大きく釣り上げる。

それを見たアリサの顔がますます真っ赤に染まるが、遂に諦めたのか、大きなため息を零した。

「……きょ、今日はいろいろと助けてもらったから。そ、そのお礼をしようと思って」

顔を背けながら蚊の鳴くような声で呟くアリサだったが、対するグランはというとベッドに横になりながら小首を傾げている。

「そんなお礼を言われるようなことをしたつもりは無いんだが」

今日一日の出来事を思い返しながらグランが不思議そうに言う。

「そ、そんなこと無いわよっ。セミールに絡まれていた時も助けてもらったし。そ、それに学園長と話をした時も、罰が軽くなるように口添えしてくれたみたいだし……」

「セ、セミー……？　ま、まあそんな細かいことは置いといて、それはお前の勘違いだ。俺はあくまで自分のやりたいことをやっただけだし、まるで俺が蘇ったことが悪みたいに言ってるのが気に食わなかっただけだ」

すっかり決闘した相手の名前を忘れてしまったらしいグランが再び「お礼を言ってもらうようなことをしてない」と伝えるが、アリサは首を振る。

「た、確かにあんたには助けたつもりはなかったのかもしれないけれど、結果的に私はあんたに助けられたの！」

「そ、そうなのか。そういうことなら素直に受け取っとくか」

やけに押しが強いアリサに、さすがのグランも若干たじろぎながら頷く。

「は、初めから素直に受け取っておけばいいのよ！」

何はともあれ、お礼を伝えるという目的を果たしたアリサはというと「ふんっ」と顔を逸らす。

そして――――そのまま動かない。

てっきり話はこれで終わりだと思ったのだが、どういうわけかアリサはベッドに腰を下ろしたままだ。

部屋を出て行く素振りも無ければ部屋に居座り続けている。

「もう用件は済んだんじゃないのか？」

疑問に思ったグランが尋ねると、アリサは一瞬だけびくっと肩を揺らしたものの、やはりベッドから立ち上がろうとはしない。

今度は一体どうしたんだ、とグランも眉を顰める。

大分遅い時間にもなってきたので、さすがにそろそろ寝ろと注意するか否かで迷っていると、だんまりを決め込んでいたアリサがふと口を開く。

「あ、あのさ、学園長が言ってたのって本当なの？　そ、その――〝魔王〟って」

振り返ったアリサの瞳には、僅かに揺らいでいる。

そこには未だに自分の言葉をにわかには信じられないといった複雑な感情が見て取れた。

それに対するグランだが「こいつは何を言ってるんだ？」と呆れたような表情を浮かべている。

「まさかお前は俺が嘘を言ってるとでも思ってるのか？」

グランの気分を害してしまったかと思ったアリサは慌てて首を振る。

「そ、そういうわけじゃないけど、やっぱりすぐに全部を信じるのは難しいっていうか……」

「じゃあ聞くが。終始お前がびびっていた学園長とやらを、終始びびらせていたのはどこのどいつだ？」

「そ、それは……」

あの場に居合わせたアリサにとっては、そんなこと考えるまでもない。

自分の初めての使い魔――グランだ。

だがやはり、かつての魔王を蘇らせてしまった張本人であるからには聞かずにはいられなかった。

「……じゃあ、グランは強いの？」

「いいや、違うね」

アリサの疑問に答えるまでに要した時間は、一秒ともかからなかった。

まさに即答という言葉がしっくりくる。

だが、それはアリサが期待していた肯定ではなく、否定だった。

困惑を隠せないアリサに、グランは間違いを指摘するように言う。

「俺は――強いんじゃない。最強なんだよ」

その表情に浮かぶ不敵な笑みからは、一切の不安も疑いも感じられない。

少なくとも本人はその言葉に絶対の確信を持っているようだった。

そしてアリサには、それで十分だった。

「……私とあんたって、あくまで仮の使い魔契約をしているだけの関係よね？」

「ん？　まあそうだな。俺は情報収集がとりあえずの目的だし、それが終われば俺たちの使い魔契約も終わりだ」

突然話題が変わったことにグランも一瞬だけ反応が遅れたが、すぐに頷く。

しかしそれは初めから言っていたことであり、どうして今のタイミングで改めて聞きなおしてきたのか、グランは少なからず疑問に思った。

だがアリサの次の行動を見て、ようやくその意図を察することが出来たのだった。

「も、もしあんたが、ずっと私の使い魔でいてくれるなら、その……」

顔を真っ赤に染めながら、ネグリジェの肩紐を少しずつずらしていく。

それだけでも、徐々に聞こえなくなっていったアリサの言葉の続きを想像するのは難しいことではなかった。

つまりアリサは、グランという力を手に入れるために、自分という対価を払おうとしているのである。

これにはさすがのグランも思わず目をぱちくりさせる。

そして数秒後にアリサの意図するところをしっかり察すると、呆れたことを隠そうともせずに大きなため息を漏らす。

「お前、やっぱり夜這いに来たんじゃねえか……」

「なっ⁉　ち、ちが……っ！」

グランのため息交じりの言葉に、慌てて否定しようとするアリサだったが結局は顔を俯かせるだけにとどまる。

きっと今の自分の行動を鑑みて、確かにその通りかもしれないと思ったのだろう。

「……はぁ。どいつもこいつも、どんだけ心配性なんだか」

そんな姿に、今日のジャルベドとのやり取りを思い出したグランは呆れながら言う。

「そんなに心配しなくても、しばらくはここを離れるつもりはない。情報を集めるのだって時間はかかるだろうし、何よりここならワインがたくさん飲めるからな」

今日のワインは美味しかった、と満足げに呟くグランに嘘を言っているような感じはしない。

しかしアリサだってここへ来るのに相応の覚悟を要したわけで、そう易々と自室へ帰るわけにはいかない。

せっかく覚悟を決めたからには、何か少しくらいは成果がないと。

そう思っていたアリサだったが……。

「それ以前に、夜這いするならせめてもう少し色んなところを成長させてから来てくれないか？　そんなんじゃ裸で来られたって欲情しないぞ」

「も、もう二度と来ないわよばかッ！」

グランの一言で、あっさりと部屋を飛び出したのだった。

◇　◇

薄暗い大広間の中で、十人ほどの男たちが一つの机を囲んでいる。

あくまで見た目の話をすれば、下は三十から、上は八十という何とも幅の広い世代の男たちだが、実は彼らには共通点があった。

男たちは全員、〝――死霊使い《ネクロマンサー》〟だった。

その証拠に、彼らの傍らにはアンデッドの使い魔がそれぞれ一体ずつ控えている。

そんなネクロマンサーたちが一堂に集まったのは他でもない。

緊急の会議を要する案件が発生したためだ。

「それで、どこの馬鹿が〝魔王〟を復活させたのじゃ」

一番の年長者である男、ディルが掠れた声で本題に入る。

「……アシュレイ家の末女、との情報です」

すると事前に情報を調べていた一人の若い男、ザシュが報告書のページを捲りながら告げる。

その報告を聞いたディルは眉を顰めると、大きく舌打ちする。

「二人の姉の影に隠れているだけの小娘が余計なことをしおって……！」

もしこの場にジャルベドがいれば即刻で斬り殺されてしまいそうな発言だが、それを諫めるような者は誰もいない。

というよりも、ディルのその言葉は今この場にいる全ての者の気持ちを代弁したようなものだったのである。

するとディルの向かいの席に座っていた、いかにも厳つそうな男、アグが声を大にして言う。

「とりあえずは永い眠りから目覚めた〝魔王〟様に、もう一度眠ってもらうしかねえだろ！」

その言葉に他の男たちも頷く中で、ザシュがまた報告書を見ながら遠慮がちに手を挙げた。

「……恐らくですが、それは厳しいかと」

「何が厳しいんだよ。使い魔なんだから、蘇生した張本人が命じればそれまでじゃねえか。まさかとは思うが、そいつが言うことを聞きそうにないなんてことを言うんじゃねえだろうなぁ？」

しかし、ザシュは首を振る。

「何でも既に使い魔契約は切れているらしく、現在は仮の使い魔契約という名目で行動を共にしているようです」

「なっ……!?」

報告に対して、その場にいるネクロマンサーたちは誰一人の例外なく目を見開く。

そして広間に緊張が走る中で、アグがその大きな拳を勢いよく机に叩きつけた。

「あり得ねえッ！　契約を破棄された使い魔の末路なんて、一つだけだろッ!?」

そう叫んだアグは、今度は自分の傍に控えていた白骨《スケルトン》に掌を向けて命じた。

「契約を破棄する！」

次の瞬間、スケルトンはカラカラという音を立てながら崩れ落ちる。

そこに命の灯がないということは、誰の目が見ても明らかだった。

「契約が切れれば、使い魔は死に至る。それが俺たちネクロマンサーにとっての揺るがない常識だったはずだッ！」

使い魔は、あくまで使い魔。

ネクロマンサーたちによって仮初《かりそめ》の命を与えられるアンデッドたちは、その繋がりが無くなれば当然、再び死体へと戻る。

しかし〝魔王〟はその常識をいとも容易く覆してしまった。

その事実に、ネクロマンサーとして生きる彼らは戦慄せずにはいられなかった。

「……魔王がそれだけ規格外の存在、ということか」

重苦しい空気が漂う中で、ディルが苦々しく呟く。

その言葉を否定する者はどこにもいない。

「チッ！　そもそもどうして落ちこぼれた小娘なんかが厳重に管理されているはずの場所に入れたり、魔王を蘇らせることが出来んだよ！」

「それについてですが、確か魔王が蘇ったとされる日は他国からの諜報員の姿が確認されてます。そちらに人員が割かれてしまったために普段よりかなり少ない人数で警備にあたっていたそうです。そこに偶然、アシュレイ家の末女が訪れたのだと思われます」

「それで偶然、魔王を蘇らせることが出来たってか⁉　そんな偶然があってたまるかよ！」

「しかし、少なくとも現状ではそういう結論しか出せません」

苛立ちを隠そうとしないアグに、淡々と事実だけを告げていくザシュ。

一触即発の二人の雰囲気に周りで見ていた者たちの肩にも力が入るが、すんでのところで最年長のディルが止めに入る。

「今はそんなことで争っている場合ではない！　かつての〝魔王〟を復活させたなどということが世に知れ渡りでもしたら、ネクロマンサーの名は今度こそ地に落ちるぞ！　その前に何かしらの対策を考じなければ……」

「いえ、この際むしろ〝魔王〟を利用するというのはいかがでしょうか」

「利用……？」

ディルの言葉に、ザシュが口を挟む。

「我々ネクロマンサーにはまだまだ可能性があるということを〝魔王〟を旗印として世に知らしめるのです。それに魔王がいれば、これまで手に入らなかった強力なモンスターたちの死体が手に入る機会も増えるのではないでしょうか」

「……なるほど。そういうことか」

ザシュの提案に、それまで暗い雰囲気だった広間にも微かに光が差したような気がした。

ディルを始めとした他の者たち、加えて先ほど一触即発の雰囲気だったアグも今回の提案には反対の意思は見えない。

だが、ふいにディルが思い出したように言う。

「しかし、〝魔王〟がそんな簡単に我々に手を貸してくれるだろうか？」

「確かにそれはありますね。でも少なくとも一回はモンスターの死体を提供してくれると思いますよ」

「む？　どうしてそう言い切れる？」

「簡単ですよ。〝魔王〟は今、仮の使い魔契約とはいえアシュレイ家の末女と行動を共にしています。であれば、彼女の方に頼めば必然的に〝魔王〟も手伝わざるを得ない。幸いにして彼女には立ち入り禁止区域への侵入という明らかな罪があるわけですから、この機を逃すわけにはいきません」

その言葉を聞いて盛り上がる他のネクロマンサーの者たちに、ザシュが「ただ……」と小さく呟く。

「どういうわけか学園長から直々に『今回の処罰については出来る限り情状酌量していただきたい』という言伝があります。ですので、あまりにも無理な罰を与えるのは控えるべきかもしれません」

学園長の「歴戦の英雄」としての活躍は、ここにいる者たちもよく知っている。

だからこそ、その言伝の影響力は小さくはなかった。

しかしその中でただ一人、アグだけが「ふんっ」と大きく鼻で笑った。

「歴戦の英雄だか何だか知らねえが、ずっと昔に現役を引退したババアじゃねえか。そんなやつの言うことを何でもペコペコしながら聞いてたら、こっちが舐められるってもんだろ」

その言葉一つで、他のネクロマンサーたちも再び勢いづく。

そんな場の雰囲気を敏感に察したザシュは小さく息を吐くと、まとめに入る。

「確かここ最近、王都の近くでドラゴンの姿が確認されたという情報があります。今回はそれでいかがでしょう？」

「異論はない」

ディルを皮切りに、他のネクロマンサーたちもそれぞれ頷く。

「では、他に何か話すこともないな。ザシュは今日の話を学園長に伝えてくれ」

ディルがそう言い終わると、その場の全員がおもむろに立ち上がる。

それから握りこぶしを一つ作ると自分の胸に押し当てた。

「ネクロマンサーに栄光を」

「「ネクロマンサーに栄光を！」」

最年長であるディルに続き、他の者たちの声が広間に響き渡る。

そして長かったネクロマンサーたちによる緊急会議は終わった。

# 第六話　告げられる処罰

「ド、ドラゴン退治ですか……？」

決闘から一夜明けた朝、再び学園長室にやって来たアリサたち。

アリサの処罰についての話があるはずだということで、昨日の時点で呼ばれていたのである。

しかし告げられた処罰の内容に、アリサは思わず聞き返さずにはいられなかった。

だが、非情にもその首は縦に振られる。

「すみません。私も出来る限り何とかしようとは思ったんですが、どうしても先方に聞き入れてもらえず、このような形になってしまいました」

「い、いえそんな……」

頭を下げてこようとするルルアナに、アリサは慌てて止めに入る。

あくまで社交辞令的なものだったとしても、学園長にそんなことをさせるわけにはいかない。

しかしよく見てみれば、ルルアナの表情は暗く心から申し訳ないと思っているのがひしひしと伝わって来る。

ただアリサは何となく、その謝罪の意が自分に向けられたものというようには感じなかった。

その意が向いているのは恐らく――グラン。

アリサの隣に立つグランは重苦しい雰囲気の他の二人とは異なり、ただ一人いつも通りに不遜な態度をとっている。

「ね、ねえグランって――」

「因みにドラゴンっていうのは何ドラゴンなんだ？　まさかとは思うが、古龍なんてことはないよな？」

――ドラゴンを倒せるの？　というアリサの質問は、グラン本人によってかき消されてしまった。

そもそも世間一般でドラゴンといえば、恐怖の対象としてのイメージが強い。

もちろんドラゴンにも弱い個体から強い個体までおり、そこにはかなりの幅があると言われている。

だが、それはあくまでドラゴンたちの中での話だ。

人間たちからすれば、たとえどんなドラゴンだったとしても脅威には変わりない。

もしドラゴンを倒せる人間がいるとするならば、それは英雄と呼ばれるに値する人物だろう。

もちろん英雄と呼ばれるような実力者だったとしても、倒すことが出来るのはせいぜいドラゴンたちの中でいう下位の存在なのだが。

因みにグランの言った「古龍」というのは、ドラゴンの中でも最上位に位置する存在だ。

ドラゴンの中で最上位ということは、つまり全生物の中で最上位に位置すると言っても過言ではない。

それこそ数千年の時を生き、噂によれば人間の言葉すらも自在に話すことが出来るとまで言われている伝説の存在だ。

国や地方によっては古龍を文字通り「神」として崇め、信仰しているところもあるらしい。

そこまで来ると、もはや人間にどうこう出来るような相手ではない。

さすがのグランも……と、アリサが思ったタイミングで、ルルアナが僅かに顔を暗くして言う。

「今回アリサさんに課されたのは『レッドドラゴン』の討伐です」

「レ、レッド……っ!?」

それを聞いたアリサは先ほどの反応を遥かに凌ぐ驚きを見せる。

レッドドラゴンは、その名の通り炎を司るドラゴンだ。

ドラゴンの中でも中位以上の実力はあるとされるレッドドラゴンだが、恐らく歴戦の英雄と呼ばれるような学園長でも敵う相手ではないだろう。

しかしそれ以上に問題なのは、その凶暴性である。

そもそも中位以上の実力を持つと言われているドラゴンは、ほとんど人里には降りてこない。

故に、それらの生態についてはほとんどが謎に包まれている。

だがレッドドラゴンは、稀に人里へ降りてくることがある。

だからアリサもそのドラゴンについては少しだけ知っていた。

レッドドラゴンに目を付けられた村や街は、半日もせずにその全てを燃やし尽くされ、後には何も残らない。

その圧倒的な力を前に抗うことは許されず、人々に出来るのはただ財を捨てて身一つで逃げ出すことのみ。

まさに――天災。

レッドドラゴンが吐く炎を想像しただけで、アリサは冷や汗が流れるのを禁じ得なかった。

そしてそれは歴戦の英雄と称されるルルアナも同じだった。

グランが眠っていた墓地を管理しているネクロマンサーには、アリサの処罰について「出来るだけ情状酌量するように」と伝えたはずで、それで十分だと思っていた。

しかし予想に反し、ネクロマンサーたちは「レッドドラゴンの討伐」という無謀とも思える罰をアリサへ課してきたのである。

もちろんルルアナもこれはあんまりだと異論を唱えたのだが、ついぞアリサへの処罰が変更されることはなかった。

これではアリサたちがレッドドラゴンに殺されてしまうよりも前に、自分がグランに殺されてしまうのではないか。

その可能性は十分にあるだろう、とルルアナは気が気でなかった。

二人は恐る恐る、グランに視線を向ける。

アリサは、レッドドラゴンなんて倒せるのか不安で。

ルルアナは、グランが怒りで我を忘れないかと心配で。

そんな二人の複雑な視線を一身に受けるグランはというと……。

「……今日の昼飯は、やっぱり肉だな」

物憂げな表情を浮かべていたかと思うと、ふいにキメ顔でそう言ってのけた。

「ん、二人ともそんな間抜けな顔してどうしたんだ？」

そこでようやく自分が見られていることに気付いたグランは、口を開けたまま呆ける二人の表情に首を傾げる。

するといち早く我に返ったルルアナが、おずおずといった風に尋ねる。

「も、もしかしてあなた――グランさんは、レッドドラゴンを倒せるんですか……？」

その質問に対し、グランは一瞬だけポカンとした表情を浮かべた後に、今度は声をあげて笑い出した。

あまりに突然のことで、呆気にとられる二人。

そんな二人にグランは何とか笑いを堪えながら、目の端に涙を浮かべて言う。

「すまんすまん。まさかお前たちがそんなアホな心配をしているとは思ってなくてな」

「なっ……!?」

これにはさすがのアリサも目を見開く。

そして自分がどんな心配をしていたのかも知らずに、よくぬけぬけとそんなことが言えるな、と憎々しげにグランを睨む。

しかしアリサの視線を意にも介さず、グランはあくまで飄々とした態度を崩さない。

そんなグランの態度に業を煮やしたアリサは、思わず我を忘れて叫ぶ。

「そ、そんなに言うんだったら、もちろんレッドドラゴンなんて余裕で倒せるんでしょうねっ⁉」

その言葉を受けたグランは大仰にため息をこぼす。

しかしすぐに、いつもの――あの笑みを浮かべると不敵にも口の端をニッと吊り上げた。

「図体がデカいだけの蜥蜴《トカゲ》なんかに負けるかよ」

◇　◇

無駄とも思えるほど広い学園の敷地には、幾つかの訓練場がある。

アリサたちのクラスは今その内の一つに集合して、午後の実習授業の真っ最中だった。

とはいえ指導員が誰かいるわけでもなく、あくまでそれぞれが自主訓練に励む時間という認識の方が正しいだろう。

その中でネクロマンサーのアリサは特に何か出来るわけでもなく、いつもの三人で固まって駄弁《だべ》っていた。

「そういえばアリサちゃん、今日は朝からやけにご機嫌ですよね？」

「えっ、そ、そうかしら？」

話の途中で思い出したように指摘してくるミラに、思わずドキッとするアリサ。

確かに二人の言う通り、アリサは今日一日ずっと落ち着きがなかった。

普段は人一倍真剣に授業に臨むアリサが今日は何やらそわそわしていて、ろくに授業を聞いていなかったように見えた。

「今日のアリサ、授業中とかもずっとにやにやしてて気持ち悪かった」

「えぇっ!?」

ばっさりと真実を告げるリリィに、アリサはショックを受けたように声をあげる。

そ、そんなことないわよね!?　とミラに救いを求める視線を送るが、ミラは苦笑いを浮かべて顔を逸らす。

もはや明確な肯定よりも残酷なミラの反応に、アリサはがっくりと肩を落とすと「に、にやにやなんてしてない……」と虚ろげに呟く。

「そ、それでアリサちゃんは何か良いことでもあったんですか？」

すっかり逸れてしまっていた話を慌てて戻そうとするミラは、重たい雰囲気を払拭するためにいつもより声のトーンをあげてから言う。

「それは……」

するとアリサは俯けていた顔を僅かに上げると、ふと視線を遠くの方へ向ける。

そんなアリサに当然他の二人も釣られてそちらを見てみると、そこには訓練場の端の方で壁にもたれかかりながら静かに眠るグランの姿があった。

午前中は図書館に籠っていたようだが、「本を読むのも疲れたな」と午後からはすっかりこのありさまである。

使い魔のだらしない姿に思わず恥ずかしくなるが、普段の生意気なグランからは想像できないような穏やかな寝顔に何となく叩き起こすのは憚られた。

アリサはそんなグランから視線を逸らすと、今度は二人を近くに呼び、注意していなければ聞こえないような小さな声で囁く。

「……ここだけの話なんだけど、実はもうすぐ〝レッドドラゴンの死体〟が手に入る予定なのよね」

「レ——っ!?」

囁かれた言葉に、ミラが驚きのあまり一瞬だけ声をあげてしまう。

慌てて口を閉ざしたミラだったが、やはりクラスメイトたちからの視線は少なからず向けられる。

しかしすぐに口を閉ざしたことが功を奏したのか、その視線もすぐに霧散する。

ミラはホッと息を吐くと、静かにアリサに謝る。

だが普通に考えれば、ミラの反応は当然だ。

レッドドラゴンの死体が手に入るなどと聞けば誰だって驚かずにはいられないだろう。

むしろあれだけの反応に止めたことを褒めてもいいくらいだ。

普段からほとんど感情の起伏を見せないあのリリィでさえ、にわかには信じられないと眉を顰めている。

「冗談、じゃない？」

「さすがの私だって、そこまで酷い冗談は言わないつもりよ？」

思わず正気を疑ってしまいそうな内容だが、どうにもアリサに嘘を吐いている気配は見えない。

至って真面目な表情で頷いている。

「で、でもそんな、レッドドラゴンの死体なんて一体どうやって……」

「もしかして、グラン？」

未だに信じられないといった風に呟くミラとは対照的に、リリィは僅かな時間で一つの結論を出す。

「昨日の決闘、グランはびっくりするくらいに強かった。しかもあれは全然本気じゃないみたいだったし、グランならレッドドラゴンを倒してもおかしくはない……かも」

とはいえ、さすがに自分の言っていることの非現実さを十分に理解しているのか、あまり自信はないようだ。

だが今の話を聞く限りでは、少なくともリリィにはそれ以外の可能性は思い付かなかった。

「ま、まあ、そんなところかな」

ただ、アリサはそれに対して明確な解答をしないまま曖昧に頷く。

自分から話を振ったわりには変な反応をするアリサに、リリィが首を傾げる。

しかし、そこでミラがハッと何かに気付く。

「アリサちゃんはネクロマンサーですから、レッドドラゴンの死体を使い魔に出来るんじゃないんですか……!?」

「ふふふ、実はそうなのよ！」

その言葉を待ってましたとばかりに目を輝かせるアリサに、二人はようやく諸々の事情を察する。

ネクロマンサーがアンデッドを使役するのは、誰だって知っているような一般常識だ。

そんな彼らネクロマンサーたちにとってレッドドラゴンの死体が喉から手が出るほどに欲しいものだということは、素人の二人にだって容易に想像できる。

それがどういう方法かは今のところ分からないにせよ、手に入れる算段が何かしらあるとするならば、常日頃まじめに授業を受けているアリサが浮ついてしまうのも仕方ないだろう。

「でも、もしレッドドラゴンを使い魔にできたら、相当すごいことなんじゃないんですか!?」

「いくら〝ネクロマンサー〟だからって、レッドドラゴンを従えてたら他の人たちも無視できなそう」

「無視どころか、今のフェルマの国力を考えたら、かなりの好待遇で重用されても不思議じゃないですよ！」

まだレッドドラゴンを使い魔にもしていない内から興奮ぎみに話すミラたちだったが、当の本人であるアリサも満更ではなさそうだ。

これまでずっと何かしらの功績を残したり、国の運営に携わったりすることが目標だったアリサ。そのチャンスが突然やって来たと言っても過言ではないのだから、今はこれ以上にないくらいに気分が高揚しているのだろう。

「ん？　お前らこんなところで固まって何をしてるんだ？」

そんな時、不意に声が降って来る。

驚いて振り返ると、そこにはさっきまで訓練場の端の方で眠っていたはずのグランが、いつの間にかすぐ近くまでやって来ていた。

「実はですね——」

「な、何でもないわよ！」

話の内容を教えようとしたミラだったが、不意にアリサがそれを遮る。

乱暴とも思えるその口調だが、グランにこれ以上足元を見られたくなかったアリサは、出来れば自分がレッドドラゴンの死体を欲しがっているということを知られたくなかった。

「そ、そんなことより急に話しかけてきたりして一体どうしたのよ？」

「起きたらお前たち三人が駄弁ってるのが見えたからな。というより、確か今って午後の実習訓練のはずだろ？　そんなに堂々とサボっていていいのか？」

「べ、別にサボってるわけじゃ……」

「いや、誰がどう見たってサボってただろ」

グランの指摘にアリサが唸っていると、リリィから助け船が出された。

「一般的にクラス分けは同じ傾向の適正職業の生徒たちが多くなるようになっている。だけど、わたしたちのクラスには色んな、それも不遇とされている適正職業の生徒たちが集められる。でもそうなると一クラスに振り分けられた予算的に、生徒一人一人に指導教員をつけるわけにもいかないから、結果的にこういう感じになる」

そう言いながら訓練場の中を見渡すリリィの視線を後を追うと、それぞれ親しい者同士で駄弁っている者がほとんどで、まじめに実習訓練を行っている者はいない。

なるほどとグランが頷く一方で、普段は口数が少ないリリィがいきなり饒舌になったことに他の二人は一体どうしたのかと驚いている。

そこで不意にグランが何かを思い出したのか、指をパチンと鳴らす。

「そういえば昨日聞くの忘れてたんだが、お前たちって適正職業は何なんだ？」

「な……っ!?」

グランの言葉に、アリサが目を見開く。

というのも、このクラスに集められたのは何かしらの理由で不遇と嘲られている適正職業の生徒たちだ。そこにクラスメイトでもないグランがずけずけと適正職業の話題を出すなんて、気分を害されても仕方がない。

昨日の時点で変なことは言わないようにと告げていたのだが、グランにとっては許容範囲の中だったということだろうか。それにしたって無神経すぎる。

「わたしは〝魔物使い《テイマー》〟」

「わ、私は〝精霊使い《シャーマン》〟です」

しかしそんなアリサの危惧に反して、二人は特に気にすることなく自分の適正職業をグランに教え、驚きの顔を見せるアリサに何かを察したのか、ミラは「大丈夫ですよ」と微笑む。

「グランさんはアリサちゃんの使い魔さんですし何も心配していません。それに昨日アリサちゃんが絡まれていた時なんかも、本当は私たちが助けないといけなかったのに、代わりに助けてくださいましたし……」

「まあ俺としては別に助けたつもりはなかったんだけどな」

グランの言葉にミラは苦笑いを浮かべるが、それでもグランに対する評価が昨日の時点で少なからず上がっていたのは間違いないだろう。隣ではリリィが賛同するように頷いている。

使い魔が友人の気分を害さなかったことに関しては一安心だ。

しかしグランの先の発言がそれを見越してのものだったとしたらと思うと、何となく釈然としない気分のアリサは僅かに口を尖らせた。

「それにしても、〝魔物使い〟に〝精霊使い〟か……」

どこか思案ぎみに呟くグランに、二人の顔は僅かに暗くなる。

それは二人が二人とも、自分の適正職業が落ちこぼれているという認識が少なからずあるからだろう。

落ち込む二人を見て、グランは唐突に「よし、決めた！」と声をあげる。

「ドラゴン退治、二人も一緒に連れていく！」

「は、はあっ!?」

何を言ってるんだと叫ぶアリサに、いまいち状況が把握できない二人。

他のクラスメイトたちも何事かと視線を向けてくる中で、唯一グランだけがいつもの不敵な笑みを浮かべていた。

# 第七話　魔物使いとの約束

「ど、どうして私たちまで連れてこられちゃったんだろう……？」

日も昇り、雲一つない空。まさに絶好のお出かけ日和の中、馬車に揺られるミラが困惑ぎみに疑問を口にする。

すると隣に座っていたリリィが目を擦りながら言う。

「分からない。今朝、わたしの家まで迎えにきたと思ったら、馬車に乗せられてた」

「わ、私は庭のお散歩をしていたら突然……」

二人はお互いにその時のことを話すと、今度は真向かいに座る人物の方を見る。

言葉はなくとも、その二つの視線が現在の状況の説明を求めているということは誰だって分かるだろう。

しかし件の人物――アリサは窓の外の流れていく景色を見ているばかりで、二人とは決して目を合わせようとしない。それでも二人がじーっと抗議の視線をぶつけ続けていると、さすがに耐えられずに「あーっ！」と叫ぶ。

「私だってどうして二人がここにいるのか何にも聞いてないのよ！」

嘘は何もついていない。

アリサが用意された馬車に乗った時には、既に二人が席に座っていたのだ。

そして二人を連れてきた張本人であるグランは今、暢気にも鼻歌を歌いながら御者を務めている。

因みにその間にも、二人を連れてきた理由などには一切触れられていない。

「もしかしなくてもアリサちゃんたちの今日の予定って、この前話してたレッドドラゴンの退治ですよね……？」

キッとグランを睨むアリサに、おずおずとミラが尋ねる。

「わ、私たちがついて来ても大丈夫なんでしょうか？　と、いうよりも本当にレッドドラゴンを退治なんて出来るんですか……？」

「こんなことを言うのはちょっと癪だけど、グランがあなた達を連れてきたってことはたぶん大丈夫だと思う。それにあいつが言うには『図体がデカいだけの蜥蜴《トカゲ》なんかに負けるかよ』らしいわ」

「と、蜥蜴……」

ドラゴンを蜥蜴呼ばわりする輩なんて恐らく世界中を探してもグランくらいだろう。

だが少なくともアリサは自分で言ったように、今回のレッドドラゴンの退治について、それほど心配はしていない。

何となく、グランが問題はないと言うのなら本当に何も問題はないのだろう、という気持ちになってくるのだ。

もちろんグランを調子に乗らせないように、そんなことはおくびにも出さないが……。

「………」

しかし、それ以前にグランが魔王であるということすら知らない二人にとっては、やはりレッドドラゴンという存在のインパクトの方が強いらしく、その表情は不安げだ。

それならせめてグランが魔王だったことだけでも二人に教えてあげればいいと思うかもしれないが、そう簡単な話ではない。というのも、グランがかつての〝魔王〟だということは出来るだけ内密にするように学園長であるルルアナから言われているのだ。

聞くところによれば、今の段階で魔王が復活したというのはルルアナやジャルベドを含めても、ごく一部の関係者しか知らないような情報らしい。それをいくら友人である二人だからとはいえ、アリサの一存で教えるわけにはいかなかった。

「で、でもこんな風にどこかに出かけるのってピクニックみたいで楽しいんじゃない？」

「確かに。わたし、こんな豪華な馬車に乗ったの初めて」

せめて気分くらいは紛らわせようと話題を変えてみると、リリィも珍しく楽しそうに窓の外を眺める。

それに釣られてミラも少しずつ気分が晴れてきたようだ。

まさかグランはこれも見越して……とも思ったが、さすがに買いかぶり過ぎだろうとアリサは首を振る。

すると偶然か、そのタイミングで馬車が止まった。

「おーい。水場があったから、ちょっと休憩するぞー」

どうしたのだろうかと三人揃って首を傾げていると、グランの声が外から聞こえてくる。

三人は顔を見合わせると、勢いよく外へ飛び出し、目の前に広がる光景に目を輝かせた。

「王都から少し離れたところに、こんな綺麗なところがあったなんて知りませんでした！」

「これって湖？」

「実際、結構な大きさもあるわね！　それに何といっても水が綺麗！」

アリサの言う通り、その湖は底まではっきり見えてしまうほどに水が透き通っていた。

「こんなところがあるって知ってたら、水着くらい持ってきたのに」

季節的にはまだ少し肌寒いかもしれないが、これだけ綺麗な湖なら泳がない方が損というものだろう。

アリサが残念そうに呟くと、他の二人も同意するように頷く。

「まあ誰もお前の水着なんかは期待していないがな」

「……何ですって？」

それまで馬に水分補給をさせていたグランがぽつりと呟いたのを、アリサは聞き逃さなかった。

いや、もしかしたらグランはからかうために、あえてアリサに聞こえるように言ったのかもしれない。

どちらにせよ、アリサは物凄い形相でグランに向かっていく。

「あんたね、私だって別にあんたに見せるために水着を着るわけじゃないから！　勘違いしないでくれる？」

「おぉ、それは悪かったな。でも大丈夫だ、安心してくれ。俺もお前の貧相な水着姿なんて全く興味ないから」

「——ッ!?」

「まあ強いて言えば、ミラの水着姿ならそれなりに期待できそうだな。あ、リリィの水着姿も一部には人気が出そうだ」

アリサがもはや髪が逆立つほどに怒りに震えているというのにも拘らず、グランは思案顔で言う。

ミラは恥ずかしそうにその大きめの二つの膨らみを腕で隠し、リリィは「一部に」と言われたことを不服そうに口を尖らせる。

全員が全員、異なる反応を見せていたその時——。


『　　　　　　　　　　』


——巨大な咆哮が聞こえてきた。

「な、なによ今の!?」

「も、もしかしてドラゴン……!?」

「っ……」

三人の顔にそれぞれ焦りの色が濃くなっていく一方で、グランだけが相変わらず口の端を吊り上げていた。

「何ともありがたいことに、どうやらあちらさんからやって来てくれたみたいだ」

その言葉の直後、あたりが影に包まれる。

雲なんてなかったはずなのにと三人が空を見上げた先には、一匹の竜がいた。体表を覆う真っ赤な鱗に、口元では炎がゆらゆら燃えている。その深紅の瞳は、遥か下にいる弱者たちを真っすぐに見つめていた。

「グ、グラン、本当に大丈夫なのよね?」

「何だ？　びびるのは良いが粗相はするなよ。さすがにフォローし出来ん」

「なっ……!?」

緊迫した状況にあまりに相応しくないグランの態度に、アリサも少しずつ余裕が戻ってくる。

そしてそんないつもの二人のやりとりに、ミラとリリィも徐々に落ち着きを取り戻す。

まあそれでも、空から見下ろしてくるレッドドラゴンの恐怖が全てなくなったわけではないようだが……。

「おい、リリィ」

するど突然、グランが呆然と空を見上げるリリィに声をかける。

「……なに？」

振り返るリリィの表情は普段よりも幾ばくか強張っているが、それも仕方ないだろう。何たって、空にはあのレッドドラゴンがいるのだから。

しかし、グランの次の言葉はさすがに理解できなかった。

「今からレッドドラゴンを倒すから、一緒に来い」

「……は？」

リリィだけでなく、他の二人も同じように、空にはレッドドラゴンがいるということなどすっかり忘れて、ただグランの意味不明な言葉に困惑している。

百歩譲ってレッドドラゴンとの戦いに誰かを同行させるにしても、普通に考えてそれはご主人様であるアリサだろう。間違ってもリリィではない。

そもそもグランとリリィの繋がりなど、ほとんどないに等しい。少なくともこんな状況になるような間柄では決してないはずだ。

しかしグランはあくまでリリィを同行者に選んだのか、手を差し伸べてくる。

それに対してどう応えればいいのか、リリィには分からない。

縋るような思いで他の二人を見ても、あまりに唐突な展開に二人とも動けずにいる。

結局いくら考えても答えは出ない。

最後にリリィは目の前に手を差し伸べてくるグランに視線を向ける。

するとグランはまるで子供のような無邪気な笑みで、こう言った。

「良いものが見れるぞ」

――気付いたら、リリィは目の前に差し伸べられた手を取っていた。

「リ、リリィ!?」

アリサの驚く声が聞こえてくるが、あっという間にグランに引き寄せられたかと思うと、次の瞬間、抱きかかえられる。

すると再びアリサの叫び声のようなものが聞こえてくるが、グランが手をかざすとそれも聞こえなくなった。

「念の為にお前らに魔力結界を張っておいた！　大人しくそこで見てろ！」

向こうの声はこちらに聞こえないのに、こちらから向こうには声が届くのかアリサが中から結界をバンバン叩いている。

しかしその時点でグランは、その笑みを遥か上空のレッドドラゴンに向けていた。

「落ちないようにちゃんと掴まってろよ？」

「……わ、分かった」

グランの指示に従って、とりあえず首あたりに手を回す。

「じゃあ、行くぞ？」

「え……――っ!?」

グランの言葉が聞こえてきた次の瞬間、リリィの目と鼻の先にレッドドラゴンがいた。

何が何だか分からない状況で、リリィは遥か下の方で小さくなったアリサたちを視界の端に捉えた。

そこでようやくリリィは、グランがここまで飛んできたのだということを理解した。

先ほどの「行くぞ?」という言葉は、つまり「ジャンプするぞ」ということだったのだろう。

とはいえ、あまりに非現実感あふれる光景に、リリィはもはや「どうにでもなれ」という諦めにも似たような境地に達していた。

だがグランがレッドドラゴンを文字通り蹴り落したのには、さすがのリリィも度肝を抜かれた。

空の王者とも称されることがあるドラゴンが、今や地面に叩きつけられている。

リリィには、その光景をただ呆然と眺めることしか出来なかった。

しかし、その程度で死ぬようなレッドドラゴンではない。

グランが華麗な着地を決めてみせた瞬間、お返しとばかりに炎のブレスを吐いてきたのだ。

レッドドラゴンの炎のブレス。

これもまた普通に考えれば絶体絶命のピンチに間違いないだろう。だが不思議と、リリィは不安や恐怖といったものは一切感じなかった。

案の定グランは先ほどアリサたちに使ったものと同じ魔力結界なるものを前方に張ることで、容易くブレスを防ぐ。

ただ、グランたちの周りの草木たちは炎のブレスによって一瞬の内に消し炭にされてしまった。

「なあ、リリィ。どうして俺がお前を呼んだのか分かるか？」

その時、レッドドラゴンと対峙しているにも拘らず、不意にグランが聞いてくる。

リリィも恐らくこれには何かしらの意図が隠されているのだろうというところまでは予想できる。

しかしそれが何なのかまでは分からず、首を振る。

するとグランは「今回は特別サービスだぞ？」と前置きすると、やけに真面目ぶった顔で話しだす。

「お前は〝魔物使い《テイマー》〟の端くれ。そうだよな？」

「うん、合ってる」

「じゃああれは何だ？」

「……ドラゴン？」

レッドドラゴンを指差すグランの質問に、リリィが首を傾げながら答える。

しかしそれはグランの求める答えではなかったらしく、グランは難しい顔をしている。

「それなら、ドラゴンは何だ？」

「ドラゴンは何か……？　ドラゴンは――魔物《モンスター》？」

「正解だ！」

その瞬間、グランはニッと笑う。

もしリリィを抱きかかえてさえいなければ、指をパチンと鳴らしていたことだろう。

「ドラゴンはすべての魔物たちの頂点に君臨する、正真正銘の魔物だ」

「……？」

しかし、そこまで言われてもリリィにはピンとこない。

ドラゴンが魔物だということは当然と言われれば当然だし、それがどうしたという話だ。

そんなリリィに、グランは小さくため息をこぼしたかと思うと「まあ、普段の扱われ方を考えたら、すぐには難しいか」などとよく分からないことを呟く。

そして首を傾げるリリィに、今日一の決め顔で告げた。

「〝魔物使い《テイマー》〟のお前なら、ドラゴンだって使役できる」

「え……」

その言葉に、リリィは全くの予想外とばかりに固まる。

そんなリリィに、グランは「ただし……」と付け足す。

「もちろんそんなすぐに誰でもドラゴンを使役できるわけじゃない。それなりの経験を積んでからじゃないと、ドラゴンなんてまず無理だろうな」

グランは簡単そうに言ってのけるが、それまでの道のりは一体どれほどのものなのか想像するだけでも眩暈がしそうだった。

でもそれ以上に、ドラゴンを使役できる可能性があるという事実がリリィを奮い立たせた。

そして気付けば、これまでずっと心の中で感じていた〝魔物使い《テイマー》〟という適正職業に対する劣等感が綺麗さっぱりなくなっていた。

「良いか？　お前が思っているよりも数千倍は〝——魔物使い《テイマー》〟は強い。まさかとは思うが否定なんてしないよな？」

「しない。するわけない」

間髪入れずに即答するリリィに、グランは満足げに頷く。

「これだけサービスしてやったんだ。いつかお前の使役するドラゴンの背中に乗せてくれよ？」

「分かった。約束する」

普段よりも随分と嬉しそうな顔で頷くリリィだったが、ふと何かを思い出したような表情を浮かべる。

「いつか絶対わたしのドラゴンに乗せてあげるから、一つだけお願い聞いてほしい」

「なんだ？　遠慮せず言ってみろ」

リリィはそれから少しだけ逡巡するような素振りを見せた後、覚悟を決めたのかグランをじっと見つめてくる。

「……初めて魔物をテイムする時は、一緒にいてほしい。……だめ？」

僅かに瞳を潤ませながら、上目遣いで聞いてくるリリィ。

狙ってやっているとしたら相当な策士だな、と思わずグランは苦笑いを浮かべつつ、予想よりもお願いが大したことなかったことに拍子抜けしていた。

「何だそんなことか。それくらいなら全然構わないぞ」

「ほんとっ？　絶対、約束だからね」

何度も何度も「絶対だよ？　約束だからね？」と確認してくるリリィは何とも微笑ましい。

うちのご主人様にもぜひこの素直さを見倣ってほしいところだ、とグランは肩を竦める。

「まあでも、今のところはとりあえず目の前の相手をどうにかしないといけないな」

「そ、そうだった」

グランと話していたせいで、今がレッドドラゴンの退治の途中だということをリリィもすっかり忘れてしまっていた。

ずっと無視されていたからか、何となくレッドドラゴンの口から零れる炎の勢いも増しているような気がする。

だがグランはというと、何やら気まずそうな表情を浮かべている。

「あー……、今回リリィを呼んだのは〝魔物使い《テイマー》〟のことをもう少し知ってほしかったからなんだが、これから見せることはあまり気にしないでいいからな？　レッドドラゴンって普通ならかなり強い部類だからな？」

「大丈夫。グランが強いことはもう分かってるから」

「そ、そうか」

意外な返しに、グランも思わずたじろぐ。

というのも、これからリリィが見るのは魔物の頂点に君臨するドラゴンがただ一方的に蹂躙されるだけの姿だ。少なくとも魔物使いが見て気持ちのいいものではないだろう、とグランは思ったのである。

しかし、そう言ってくれるのであればグランだって遠慮はしない。

「……そういえば言い忘れてたんだが、〝魔物使い《テイマー》〟にとって大事なことは自分を過信しすぎないことだ。一瞬の油断がいつ命取りに繋がってもおかしくないからな」

「自分を、過信しすぎないこと」

グランの言葉を忘れないようにもう一度呟くリリィは、いつか自分が使役するかもしれないレッドドラゴンを見つめる。

深紅の瞳でこちらを睨んでくるレッドドラゴンは、今にも襲いかかってきそうだ。

しかし、その命の灯がもうすぐ消えてしまうのだということをリリィは何となく察することができた。

だから聞くなら今しかない、とリリィは思い切って聞いてみた。

「グランは、どれくらい強いの？」

先日の決闘を見てからというもの、ずっと気になっていた。

ある程度強いのだろうということはリリィも分かっていたが、何とあのレッドドラゴンでさえグランには敵わないらしい。

ともなれば、グランの強さの底は一体どこにあるのか、リリィは知りたかった。

「――俺は、世界最強だ」

やはりそう簡単に教えてはくれないだろうかと思っていたリリィだったが、グランは隠すことなく教えてくれる。

だが、それは――。

「……それは過信じゃないの？」

「いいや、違うね」

その返しに、グランは僅かに驚いたような表情を浮かべて首を振る。

「これは、確信だ」

そう断言するグランの顔には、やはり不敵な笑みが浮かんでいた。

# 第八話　アリサの誤算

「は、はぁ⁉　レッドドラゴンを使い魔には出来ない⁉」

レッドドラゴンの退治は誰一人として怪我することなく無事に終わった。

そして満を持して、アリサがレッドドラゴンの死体を使い魔にしようとした時、問題が起こった。

グランがぽかんとした表情で「もしかして馬鹿なのか？　お前なんかがレッドドラゴンの死体を使役できるわけがないだろ」と言ったのである。

これにはさすがにアリサも思わず叫んだ。

何たってアリサはずっと、今日レッドドラゴンを使い魔にすることを一番の楽しみにしていたのである。それをここまで来て「使い魔には出来ない」とは一体どういう了見だ。

アリサはキッと睨んで、説明を求める。

「契約に必要な魔力が足りないんだよ」

「ま、魔力が足りない……？」

全く意味が分からないと訝しむアリサに、グランはため息をこぼす。

「そもそもアンデッドがどういう存在なのか、ちゃんと分かってるか？」

「そ、それくらい分かってるわよ。生きる屍ってやつでしょ？」

仮にもネクロマンサーに対して馬鹿にしすぎだ、とアリサは不満を露にする。

しかしその答えを聞いたグランは先ほどよりも大きいため息をこぼしながら、こめかみを押さえる。

「お前なぁ、仮にもネクロマンサーならもう少しまともな知識を持っとけよ」

「なっ⁉　こ、こっちはずっと独学でやってきたのよ⁉」

「それにしたって何も知らないにも程があるだろ。言っとくが今のお前なんてそこら辺の一般人と何にも変わらないからな？」

「そ、そこまで言わなくたっていいじゃない。こっちはレッドドラゴンの死体が手に入るって期待してたのに……」

グランの指摘に、アリサは拗ねたように口を尖らせる。

しかしグランは呆れたように首を振る。

「そんなことを思ってる時点でバカ確定だもんな」

「じゃ、じゃああんたが教えなさいよ！　というか知ってたのなら、もっと早くに言うのが使い魔としての務めってもんじゃないの⁉」

「すまん。まさかご主人様がこんなにもバカだとは思わなくてな」

「うっ……」

確かにアリサにも思い当たる節はある。

そもそもグランを蘇生させたのだって、偶然にも蘇生の術の書かれた本を見つけたから試してみようと思ったまでである。

それからというもの、仮とはいえ一人目の使い魔が手に入ったことで気持ち的にも満足してしまった。ネクロマンサーのことを必死に勉強していた以前に比べても、すっかりサボってしまっていたのだ。

まあ実際にはそんなことを調べられるだけの時間の余裕が少しずつなくなってきている、というのが正しいのかもしれないが……。

「じゃあまず基本中の基本から教えてやるとして、アンデッドにはひとつの前提条件がある。なんだか分かるか？　あぁ、期待とかはしてないから分からなくても大丈夫だぞ」

「…………」

思わず反論しそうになるアリサだったが、何とか耐えて無言で首を振る。

すると本当に期待していなかったのだろうグランは、特に何か反応するでもなく言葉を続ける。

「アンデッドは自然発生しない」

「…………え？」

しかし告げられた言葉は、アリサの予想を遥かに上回るものだった。

そのため言葉の意味をきちんと理解するのにさえ、かなりの時間を要した。

「し、自然発生しないってどういうこと？」

「そのままの意味だが？」

「じゃ、じゃあ世間で言うようなアンデッドは……」

「総じてネクロマンサーたちの使い魔だよ」

そう断言するグランの言葉は、にわかには信じられないことだった。

なぜなら、それほど頻繁でこそないにせよ、アンデッドに人が襲われるといったことは少なからず実際にある。

何を隠そうアリサも、以前に家族と遠出した時にアンデッドの群れに襲われた経験があった。

しかし、もしグランの言っていることが本当なら世間の常識を大きく覆しかねない。

ネクロマンサーが蘇らせたアンデッドたちが人を襲っているなんていう話が世に広まれば、それこそただでさえ冷ややかな目を向けられているネクロマンサーたちに対する扱いが更に酷いものになったとしても仕方がない。

「う、嘘じゃないのよね……？」

「どこに今嘘をつくような必要性があるんだよ」

それを言われて、思わずアリサは黙り込む。

今はじめて知った衝撃の事実に、少なからず動揺していたのだ。

しかしグランはそんなアリサの状況を知ってか知らずか、またもや驚きの事実を口にする。

「まあ今の世の中のそういう常識はネクロマンサーたちが長年かけて――故意につくりあげてきたものだから、お前たちがそう思うのも無理はないのかもしれないが」

「な……っ!?」

「自然発生したように見せかけたアンデッドをこれまでにも何度か見かけた。きっとそういうのを地道に続けて、今のアンデッドの常識を一から作ってきたんだろ」

「そ、そんなこと何のために……」

「さすがにそこまでは分からん。まあ少なくとも何かよからぬ企みなのは間違いないだろうがな」

もはやアリサにはグランが一体何を言っているのか理解できない。

だが、グランの表情はいたってふざけているようには見えない。

しかしそうは言っても、やはりそう簡単に頷けるような話ではない。

「あー……もうっ！　とりあえず今はどうしてレッドドラゴンと契約できないのか教えて！」

それからしばらく頭を悩ませていたアリサだったが、今はこれ以上考えても仕方がないと思ったのか話を強引に進める。

グランとしてもアリサがそう言うのであれば、それに従わない理由はなかった。

「まず、ネクロマンサーは死体に自分の魔力を注ぎ込み、アンデッド化させることで自分の使い魔にするんだ。つまり分かりやすく言うと、ネクロマンサーの魔力はアンデッドたちにとって仮初の命みたいなものなんだよ」

「仮初の命？」

「あぁ。だから使い魔たちはネクロマンサーたちとの契約が切れた瞬間、仮初の命でもある魔力の供給がなくなるから、また死体に逆戻りってわけだ」

そこまで教えてもらって、アリサはふとおかしな点に気付いた。

「でもそれじゃあ、どうしてあんたは私との契約を勝手に破棄しといて平然としてるのよ」

「それは俺だからに決まってんだろ？」

「ぜんぜん説明になってないから……」

しかし魔王などという存在自体が理不尽のような相手に何を言ったところで馬鹿馬鹿しくなるだけだろうと、アリサは早々に興味を失う。

「それで魔力がアンデッドたちにとって大事なのはよく分かったけど、それでどうしてレッドドラゴンを使い魔に出来なくなるの？」

「だから最初に言ったろ？　魔力が足りないんだよ。仮初の命に必要な魔力の量は何も一定じゃない。量の違いの要因はさまざまだが、基本的には種族で考えればいい。たとえば人間や弱い魔物とかなら蘇生に必要な魔力量も少ない、みたいな感じだ」

「……つまり使い魔にしたいのがドラゴンとかになってくると、必要になってくる魔力量も尋常じゃなくなってくるってわけね」

「そういうことだ。とてもじゃないが今のお前にレッドドラゴンを使い魔にできるだけの魔力はない」

グランの言葉に納得したのか、アリサはレッドドラゴンを使い魔にすることを諦めるように大きなため息をこぼす。

しかしその表情は意外にも、それほど沈んでいるようには見えない。

「今の・・・お前っていうことは、将来的にはレッドドラゴンを使い魔にすることも不可能じゃないってことよね？」

そして強い意志を持った瞳でアリサはそう言う。

グランは一瞬だけ目を見開いたかと思うと、すぐにニッと口の端を吊り上げる。

「魔力さえ増やしてしまえば、あとはネクロマンサーの思うがままだ」

「っ！　じゃ、じゃあどうやったら魔力を増やせるの？」

思うがままと聞いて俄然やる気が出てきたアリサが鼻息を荒くしながら詰め寄ってくる。

しかしグランはどういうわけか、そんなアリサを「まあちょっと待ってくれ」と手で制す。

「魔力が必要なのは何もお前だけじゃないんだ。二度手間になるようなことはしたくないから、あとでまとめて教えてやる」

「まとめて……？」

そう言うグランの視線が一点を見つめていることに気付き、アリサもそれを追う。

するとそこには、どこか物憂げな表情で湖に足をつけている友人の姿があった。

# 第九話　下級精霊と大精霊

ミラは今、湖に足をつけて何とものんびりとした時間を送っていた。

透き通るように綺麗な水。

心地いい水の冷たさが裸足を包み込む。

しかし、これ以上ないくらいに優雅な時間であるにも拘らず、ミラはどこか物憂げな表情を浮かべながら青空をぼんやり見上げている。

つい先ほどまで、そこには一匹のレッドドラゴンが飛んでいた。

だがそのレッドドラゴンも、既に息絶えて地に臥している。

倒したのはアリサの使い魔、グランだ。

レッドドラゴンを歯牙にもかけないような圧倒的な実力。最後の最後までレッドドラゴンにろくな反撃を許さないようなその戦いぶりは、見ていて圧巻だった。

ただ一つよく分からないのが、グランはレッドドラゴンとの戦いに際して、ほぼ無関係と言っても過言ではないはずのリリィを共に連れて行ったのである。

それも、ご主人様であるアリサを差し置いて、だ。

しかしそれも今考えてみれば、何かしらの思惑があっての行動だったのだろうとミラは思う。

リリィはずっと〝魔物使い《テイマー》〟という自分の適正職業について表情にこそ出さないにしろ、真剣に悩んでいたことをミラは知っている。

何故なら、ミラも同じように自分の適正職業について悩んでいたからだ。

だがレッドドラゴンとの戦いから戻ってきたリリィは、まるで憑き物が落ちたように穏やかな表情をしていた。

普段から一緒にいるミラだからこそ分かるような変化ではあるものの、リリィはまるでこれからの未来が楽しみで仕方がないとばかりに目を輝かせていた。

恐らくレッドドラゴンとの戦いの間に、グランから何かを聞いたのだろう。

そしてきっとその言葉は、リリィの悩みを解決するには十分だったのだ。

……もし自分が連れて行かれていたら、同じように悩みを綺麗さっぱり解決してもらえたのだろうか。

そう考えると、ミラは少しだけ自分の友人を羨ましく思った。

「……でも、それならどうして私は今日呼ばれたんでしょうか」

水の中の足を揺らしながら、ミラはぽつりと呟く。

それはどちらかといえば疑問というより愚痴に近かった。

しかし、そんなミラの呟きはただの独白では終わらなかった。

「そりゃあ、お前のバカな勘違いを正してやるためさ」

「っ……!?」

突然降ってきた声に驚いて振り返ると、そこには仁王立ちするグランがいた。

確かグランはアリサと話していたはずだが……と見てみると、アリサはリリィと楽しげに談笑している。

いつの間にか近くにやって来ていたグランに、ミラは反射的に距離を取ってしまう。

失礼に思われるかもしれないと慌てて後悔するが、時間を巻き戻すことは出来ず、ミラはただ申し訳なさそうに顔を俯かせた。

そこでグランは以前アリサに言われたことを思い出す。

「そういえばお前は男が極端に苦手なんだってな。何か理由でもあるのか?」

「……ち、父親が厳しい人で。き、気付いたら男の人たちを怖く感じるようになっていて」

「それじゃあやっぱり俺と話すのも難しいか? それだったらまあ別の方法を考えるんだが」

どうしたものかとグランが頭を掻いていると、ミラは不意に立ち上がるとグランの前までやって来る。

「グ、グランさんはアリサちゃんの使い魔ですから。だ、大丈夫です」

緊張してたどたどしい口調ではあるものの、しっかりと自分の意思を伝えるミラ。

しかしその言葉は、半分は本当だが残りの半分は別の理由だ。

グランにはリリィの悩みを解決した実績がある。

だからミラは多少無理をしたとしても、グランの話を聞くべきだと思ったのだ。

とはいえグランにとっては、そんなことは大して重要ではない。ミラに聞く意思があるのなら、それ以外のことには興味がなかった。

「それじゃあ早速一つ聞きたいことがあるんだが、〝精霊使い《シャーマン》〟はどうして不遇職なんだ？」

一体何を言われるのだろうと身構えていたミラだったが、妙なことを聞いてくるグランに首を傾げる。

しかしそれでも聞かれたことには真面目に答えようと、精霊使いが不遇職たる理由を考え始めた。

「……精霊使いは、精霊を使役して攻撃や支援を行います。ただ、そのどちらも〝魔法使い〟の方々と役割が被ってしまっているんです。しかも精霊使いの攻撃や支援は不発に終わることも多いらしく、そのせいで〝魔法使い〟の下位互換職として有名なんです」

「ふむふむ。……あ、もう一個聞きたいんだけど、精霊使いの数って極端に少なかったりするか？」

「は、はい。一般的に不遇職と言われるような適正職業の中でも、かなり少ない方だと思います」

「なるほどなるほど。やっぱりそうか」

一般常識といっても差し支えないだろう知識を答えると、グランは何かを納得したのか何度も頷く。

未だにその真意が分からないミラは、戸惑いつつも続きの言葉を待つ。

するとグランは真面目ぶった表情を浮かべると、人差し指を一本ピンと立てる。

「まず最初に言っておくが、少なくとも数百年前まで〝――精霊使い《シャーマン》〟といえば皆の――憧れの存在だった」

確かにグランがこの時代の人間ではないことは、ミラもアリサから聞いている。

だから恐らくグランはその時代の話をしているのだろうが……。

「シ、精霊使い《シャーマン》が憧れ、ですか……？」

もちろんミラもグランが嘘を吐いているとは思っていない。

しかし今の世の中を考えれば、精霊使いが皆の憧れの存在だったというのは、にわかには信じられない。

そんなミラの反応を半ば予想していたのだろう。

グランはミラの疑問を一度流すと、説明を続けた。

「ミラは精霊に階級があることくらいは知ってるか？」

「……し、知らないです」

恐らくグランからしたらそれは基本中の基本なのだろう。

だがそれさえも知らなかったミラは恥ずかしさに頬を僅かに赤く染める。

「いや、こっちの聞き方が悪かったな。たぶん他の精霊使いたちも知らないだろうから、お前が気にしすぎることじゃないぞ」

「そ、そうですか」

グランの言葉に、ミラはホッと息を吐く。

とはいえ、ミラが精霊使いについての知識がないことは確かだ。

それならせめて教えてもらうことくらいは全部覚えるくらいの気概でいるべきだろう、とミラは心の中で拳を握る。

「精霊には主に二つの階級がある。それが〝下級精霊〟と〝大精霊〟だ。因みに世間一般でいう精霊は〝下級精霊〟の方な」

「は、はぁ」

当然といえば当然だが、やはりミラにとっては初めて聞く知識だった。下級精霊はともかくとして、世間一般ではない方の〝大精霊〟とは一体何なのか。

ミラは思わず聞きたくなるのをぐっと堪えて、グランの続きの言葉を待った。

「大精霊はそれぞれの属性に一体ずつしかいない、特別な精霊のことだ」

「そ、そんな精霊がいるんですか？」

「あぁ。因みに大精霊ともなると天変地異だって起こせるくらいの力はあるぞ」

「て、天……っ!?」

想像を遥かに超えた事実に、ミラは目を見開く。

そして同時に少しばかり期待してしまった。

「そ、その大精霊と契約することは出来るんでしょうか？」

天変地異すら起こせるような精霊が本当にいたとして、もし契約することが出来たらと思うと心が躍る。

しかしそんなミラの期待に反して、グランは難しそうな表情を浮かべる。

「大精霊と契約できるかどうかは、正直のところ分からない。というのも大精霊に気に入られるかどうかは、ほとんど運みたいなところがあるからな」

「き、気に入られる……？」

またミラには分からない発言が出てきた。そんな反応にグランは「そうか、そこもちゃんと説明しないといけないのか」と思い出したように言う。

「いいか？　これだけは絶対に忘れたらいけないことなんだが、精霊使いが精霊の力を引き出したり使役しているわけじゃない。あくまで精霊たちに力を貸してもらってるんだ」

「ち、力を貸してもらってる……？」

「精霊は気まぐれだからな。力を貸すも貸さないも、その時の気分次第だ。気分が乗ればできるかぎりの力を貸してくれるし、逆に気分が乗らなければ全然貸してくれない」

「つ、つまり精霊に気に入られれば気に入られるだけ力も貸してくれるようになる、っていうことでしょうか」

何となくそういうことだろうか、というミラの考えにグランが頷く。

「どうやら最近の精霊使いは、精霊に力を貸してもらっているっていう前提条件を忘れているらしい。自分が精霊を使役してるんだっていう考えが、精霊たちにも伝わってるんだろうな」

「だ、だから攻撃や支援が不発で終わることが多いんですね……」

グランの説明に納得したように頷くミラ。

しかし、ミラには一つだけ気になることがあった。

「で、でも結局、凄いっていう大精霊と契約できるかどうかは運なんですよね？」

それならやっぱり不遇職と言われても仕方ないのではないか、とミラは思った。

しかしグランは首を振る。

「何を勘違いしているのかは知らんが、下位精霊がその気になれば、そんじょそこらの魔法使いに負けたりしないからな？　むしろ数人を相手しても余裕で蹴散らせる」

「……っ！」

グランの言葉にミラは目を見開く。

魔法使いといえば、それこそ今の世の中で皆の憧れる適正職業の一つである。

そんな魔法使いたちを余裕で蹴散らせるなどと聞けば、誰だって驚くだろう。

「……ど、どうすれば精霊と契約できるんでしょうか」

興奮を隠せないミラは、思い切って聞いてみた。

これまでミラは〝精霊使い《シャーマン》〟として何もしてこなかった。

というよりも何も出来なかった。

それは、そもそもミラが精霊と契約していなかったからである。

誰に聞くことも出来ず色々と試したりもしたが、結局は精霊の姿を見ることすら出来ていない。

これからもそういう状況が続くのであれば、ここでせっかく教えてもらった知識も宝の持ち腐れになってしまう。

それはミラの望むところではなかった。

ここまで色んな知識を披露してくれたグランなら、精霊と契約する方法を知っているかもしれない。

ミラはその可能性に賭けた。

「……グ、グランさん？」

「ん、んー……」

しかし当のグランはというと、これまでに見たことがないような微妙そうな表情を浮かべていた。

これにはさすがのミラもぎょっとする。

何か変なことを聞いたりしただろうかと言動を顧みるが、やはりグランにそんな変な顔をさせるほどのことはしていないはずだ。

「手っ取り早く精霊と契約できるかもしれない方法は……あるにはある」

だが、ミラが心配の声をかけるよりも先に、グランはいつになく苦々しそうに呟く。

「も、もしかして危険だったりするんでしょうか？」

「い、いや、特に危険はないんだが……」

危険はないと言いながらも何かを危惧するような素振りを見せる姿は、とてもレッドドラゴンを一方的に蹂躙したグランと同一人物には思えない。

しかしそんなグランもついに覚悟を決めたのか、大きなため息と共に目を細める。

「来い――エスティナ」

その瞬間、グランの影が不自然な動きを見せる。

思わずミラが自分の目を疑っていると、今度はその影の中から何かが飛び出してきた。


「グランさまぁぁぁぁ――――っ!!」


影から出てきた何かが目で追えぬ速さでグランに飛び掛かる。

思わずびっくりしたミラだったが、そこでようやくその姿を認識することが出来た。

そこには一人の二十代前半くらいに見える女が立っていた。整った容姿に腰まで伸びた艶のある黒髪は、何となくグランを彷彿とさせる。

というよりも、ちょうどグランが女だったら本当にこういう感じだったのかもしれない、とミラは想像する。

ただ唯一違うところを挙げるとすれば、グランの引き込まれるような漆黒の瞳に対して、女はどこか妖艶とも思える金色の瞳を煌かせている。

グランの首に腕を回して抱き着く女は、どこか恍惚とした表情でグランの胸板に頬を擦り合わせる一方で、その豊満な胸を押し付けられているグランはげんなりとした表情を隠そうともしていない。

それだけで二人の関係性を何となく察することが出来た。

「おい、エスティナもいい加減にしろ」

「えぇっ⁉　私《わたくし》はずっとグラン様から呼ばれるのを心待ちにしていたんですよっ。それなのにグラン様ときたら、全然呼んでくださらなくて……」

引き剥がそうとするグランに、「私、絶対離したくありません！」と泣き縋る女――エスティナ。

美人が何とも台無しである。

「あー……、それについては悪かったと思ってるよ。でもこっちも色々と忙しくて、呼ぶ機会がなかったんだ。それに今日はエスティナに頼みたいことがあってな」

「わ、私に頼みたいことですかっ⁉」

途端に目を輝かせるエスティナ。

因みに「こんなにちょろい女は他にいない」というのはグランの談である。

「エスティナには近くにいる精霊を適当に一匹連れてきて欲しいんだ」

「え？　まさかグラン様は私以外の精霊と契約するおつもりですか……？」

目の光が徐々に消えていくエスティナに、ミラは背筋が凍るが、グランは特に意に介する様子もなく淡々と否定する。

「違えよ。精霊と契約するのはこいつだ」

そう言いながら、視線でミラを示すグラン。

するとそこでようやくエスティナは、グランの隣に立つミラに視線を向ける。

「……誰ですか、こいつ？　というより何時《いつ》からいたんですか？」

「馬鹿か。最初からいたわ」

どうやらエスティナは冗談抜きでミラの存在に気付いていなかったらしく、訝しげに首を傾げる。

「まあ俺の知り合いだよ。精霊使いなのに今まで一匹も精霊と契約したことないらしくてな。精霊のことならエスティナに任せた方が良いだろうと思ったんだが……だめか？」

「今すぐ捕ま──連れてきますっ！」

そう言って、脱兎のごとく精霊を探しに行ったエスティナ。

グランは「ようやく解放された……」とため息をこぼしている。

「とりあえずこれで精霊は連れてきてもらえるだろうけど、精霊に気に入られるかはお前次第だからな？」

「が、頑張ります」

せっかく掴んだチャンスを逃すまいと意気込むミラに、グランは「あともう一つ」と指を立てる。

「あくまで精霊たちは〝精霊使い《シャーマン》〟の魔力を使って、魔法を行使する。つまりお前の魔力量が多ければ多いだけ、精霊は本来の力を発揮できる」

「じゃ、じゃあ魔力量を増やす特訓とかもしないといけないってことですか？」

「そういうことだ。その方法については後でアリサと一緒に教えてやるから安心していい」

「アリサちゃんと一緒に、ですか？」

ミラとしても誰かと一緒に頑張れるのであれば、そちらの方が良かったので特に文句などはない。

それよりも今ミラが聞きたいのは、エスティナとかいう女の方だ。

ミラとしては二人の関係性も気にならなくはないが、それ以上に影の中から飛び出してきたりするようなエスティナの存在の方が衝撃的だった。それに「私以外の精霊」という言葉についても引っかかる。

言葉通りの意味で考えるのであれば、エスティナは精霊ということになるのだが、人型の精霊なんて見たことがなければ聞いたこともなかった。

「あ、あの、さっきのエスティナって人は一体どういう方なんですか……？」

この場に本人がいたら睨まれていたかもしれないが、ミラが思い切って聞いてみると、グランは意外にもあっさりとエスティナの正体を教えてくれた。

「あいつは闇を司る大精霊だ」

「……え、　えええええええええええっ⁉」

一瞬の沈黙の後、ミラの絶叫が湖に響き渡った。

# 第十話　魔王の粛清

レッドドラゴン退治から一週間後の休日、フェルマ国立学園のとある一室。

学園長であるルルアナは早朝から書類の処理に追われていた。

徹夜などという作業効率の落ちるようなことこそしていないものの、山のように積み重ねられた書類の束を前にして、ルルアナの顔にはありありと苦労の色がにじみ出ていた。

そんなルルアナには最近、一つの悩みがあった。

言わずもがな、グランのことである。

ネクロマンサーであるアリサの使い魔として日々の生活を送るグランの一挙一動に、ルルアナは常に意識を向けていた。それこそ神経質とも思えるほどに、だ。

結果として、グランは特に何か問題行動を起こすこともなく毎日は平穏に過ぎていた。

とはいえ、かつて魔王と恐れられたグランを果たしてこのまま放置していても良いのだろうか、とルルアナは常々考えていた。

なぜなら、魔王の力が学園の生徒たちに向けられないとは限らないのだ。

現にグランは一度、自分のご主人様に突っかかってきたという一人の生徒を大勢が見ている前で返り討ちにしたという。

また次にいつグランの不興を買ってしまう生徒が現れるかと考えると、思わずゾッとする。

その未来は、正直あまり想像したくなかった。

現段階で魔王が蘇ったということを知っている者は数少ない。

グランが眠っていたという墓地を厳重管理していたネクロマンサーならともかく、アリサやジャルベドのような当事者以外には、それこそ王族くらいしか知り得ぬ情報だ。

しかし国王を始めとする王族たちは、魔王が蘇ったというにも拘《かか》わらず、基本的に危機感が全く足りていない。

確かに常識的に考えて、魔王という存在がそもそも物語の登場人物の一人という程度の認識しかないのは仕方ないだろう。だがそれでもルルアナは「せめてもう少し危機感を抱くべきです！」と声を大にして進言したかった。

察するに、どうやらネクロマンサーたちは魔王としてのグランを利用していくという方針を定めたらしい。

今思えば先日のレッドドラゴン退治も、何かしらの意図があったのだろうとルルアナは推測する。

色々な問題が立て続けに発生する中で、その中心にいる人物がグランであることはもはや疑いようのない事実だった。

やはりグランをどうにかしない以上、事態が収束することはないだろう。

しかしそこまで考えて、ルルアナはグランと初めて対峙した時のことを思い出す。

あの時のグランは別に威圧してきていたわけではない。ただ一瞬、笑みを消しただけだ。

だが、その一瞬でグランの底知れぬ闇を垣間見たルルアナは、それまでに感じたことがないような死の気配をはっきりと感じた。

「命を惜しんだから、前線を離れて学園長職に就いたはずなんですけどね……」

歴戦の英雄として知られるルルアナとしては、こんな弱気な発言は他の誰にだって聞かせられない。

しかし学園長として書類の処理に追われながらも色々と心労が多い現状を、一人の時くらいは愚痴りたいと思うのも無理はなかった。

だから部屋の中に人の気配を感じた時、心臓が止まりそうなほど驚いた。

「おっと、これはまた随分と忙しそうだな」

「……グ、グランさん」

突然部屋に現れたグランは、まるで遠慮という言葉を知らないような我が物顔で部屋のソファーに腰を下ろす。

「い、一体いつの間に……」

そんなグランに、ルルアナが呆然と呟く。

声を掛けられるまで、全くその気配に気付くことが出来なかった。

「ん？　俺が今ここにいることが、そんなに不思議か？」

「っ……!?」

グランの言葉に、ルルアナは目を見開く。

確かに、そう言われれば不思議なことではないのかもしれない。むしろこれくらいのことなら当然とさえ思えてくる。

それが――魔王なのだ、と。

ルルアナは改めて、その存在の理不尽ぶりを身をもって理解した。

「……今日は学園は休みのはずですが、何か御用でしょうか？」

ルルアナの声は僅かに震えている。

しかしグランはそんなこと気にする様子もなく頷いた。

「実はあんたに教えてもらいたいことがあるんだ」

「わ、私に答えられる範囲でしたら、お答えしますが……」

魔王ともあろう方が一体自分に何を、とは思わなくもない。

しかしだからこそ余計にとんでもないことを聞かれるのではないかとルルアナは緊張しながら言葉を待った。

「アリサに処罰を課してきたネクロマンサーたちのアジトを教えてくれ」

告げられた言葉は意外にも特に驚くようなものではなかった。とはいえ、ルルアナとしてもそう易々と情報を渡すわけにはいかない。

確かにルルアナは、ネクロマンサーたちのアジトの場所を知っている。しかし、もしここで情報を教えたとして、考え得るそれからのグランの行動は少なくとも褒められるようなものではないはずだ。

それに、ネクロマンサーのアジトの場所だってグランがその気になれば見つけるのは難しくはないだろう。

ネクロマンサーたちに対して何か行動を起こすにしても、その原因の一つになるようなことを学園長であるルルアナが担うわけにはいかなかった。

するとグランもそんなルルアナの考えを悟ったのだろう。それまで浮かべていた笑みをスッと消した。

「なあ学園長、あんたは誰の味方なんだ？」

答えを間違えば即刻殺されてしまうのではないかという死の気配に、ルルアナの頬を冷や汗が流れる。

しかしその答えは、ルルアナが自分でもびっくりするくらいにすぐに浮かんだ。

「……学園の生徒たちの味方です」

その答えが果たして正しかったのか、ルルアナは気が気でない。

だがグランの反応を見るに、少なくとも即刻切り捨てられるような回答ではなかったようだとホッとする。

しかしそれも束の間、グランは僅かに目を細めて言う。

「それが本当なら、今俺たちが敵対する意味も理由もないと思わないか？」

「っ……!?」

グランの言葉に、ルルアナは息を呑む。

それは裏を返せば、いつでも敵対する用意は出来ているということに他ならない。

更にたちが悪いことに、答え方によってはグランの敵対する対象がルルアナ個人ではなく生徒たちにまで向く可能性さえある。

それはルルアナが一番望まない結末だ。

つまり「それが嫌なら早く情報を寄越せ」と言外に言っているのだろう。

グランの言葉が決して冗談などではないことは、ルルアナが一番よく分かっている。残された選択肢は、もはや一つだけだった。

ルルアナは顔を顰めながら、街外れにあるネクロマンサーたちのアジトの場所を教える。

グランはとくにメモを取ることもなく、静かに聞いていた。

「……あの、どうして今なんでしょうか」

詳しい場所まで教え終えたルルアナが、気になっていたことをぽつりと呟く。

その顔は場所を教えてしまったという罪悪感からか、俯けられている。

ルルアナは、これからグランがしようとしていることを何となく察している。

だからこそ、どうしてあの一件から一週間も経ったこのタイミングで事を起こそうとするのか分からなかった。

するとグランは、そんな質問をするルルアナを鼻で笑うと、軽い口調で言う。

「ばーか。むしろ今だから良いんだろ？」

「そ、それはどういう――」

――意味でしょうか、と顔をあげた時、既にそこにグランの姿はなかった。

どうやら既に別の場所へ向かってしまったらしい、とルルアナは察する。

緊張感から解放されたルルアナはどっと息を吐く。その頭の中には、たった一瞬の間にどうやっていなくなったのか、などという疑問は一切ない。

魔王という存在を常識の中にある物差しで推し量ること自体がそもそもの間違いなのだと、ルルアナはこれ以上ないくらいによく理解していた。

◇　◇

『――』

今、ネクロマンサーたちの集まる広間には度重なる衝撃音が響き渡っていた。

「しゅ、襲撃です！」

するとそのタイミングで若いネクロマンサーの男が広間に飛び込んでくる。

しかし意外なことにテーブルを囲むネクロマンサーたちはその報告を聞いてもそれほど慌てた様子はない。

何故なら、ネクロマンサーというのは常日頃から敵を作りやすい。こんな風にアジトを襲撃されるということは頻繁でこそないにせよ、これまでにも少なからずあった。

そしてその度に持ち前のアンデッドを使役して返り討ちにしてきたのだ。

「……この衝撃音、一体何人が攻めてきたのじゃ？」

「そ、それが……」

最年長者であるディルの問いに対して、若いネクロマンサーの男はどういうわけか言い淀む。

しかし他のネクロマンサーたちの無言の圧を受けて、気まずそうに報告する。

「襲撃者は……ひ、一人です」

「なっ!?」

それまで落ち着きを見せていたネクロマンサーたちだったが、さすがにその報告には目を見開く。

どこの世界に、敵のアジトに一人で乗り込むような馬鹿がいるというのか。

もはや自殺志願者と思われても仕方がないレベルだ。

何かの冗談かとも思ったが、報告に来た男の焦りの表情を見る限りでは、どうやら冗談の類ではないらしい。

だとしたら一体誰が……と、ネクロマンサーたちが当然の疑問に行き着いた時――。

「お？　ここがボス部屋か？」

突如として、一人の見知らぬ男が現れた。

そしてそれと同時に、今まで報告を務めていた若いネクロマンサーがバタンと音を立てて倒れる。

その身体には大きな風穴があいており、床には男を中心とした血溜まりが広がっていく。

「……っ!?」

突然の事態に、その場にいる全てのネクロマンサーがそれぞれ使い魔を呼び出して臨戦態勢に入る。

「……お前は、何者じゃ」

ネクロマンサーたちを代表して、ディルが低い声で尋ねる。

その目は細められ、油断なく男を射抜いていた。

すると部屋の中の視線を一身に受ける男はわざとらしく肩を竦めたかと思うと、隠したりすることなくあっさりと正体を明かした。

「俺はグラン。お前らが厳重に管理してくれていた墓から蘇った魔王だよ」

「ま、魔王……ッ!?」

誰かが驚愕に声をあげた瞬間、グランに近かったネクロマンサー二人の首が飛んだ。

「ひっ……!?」

あまりに唐突な仲間の死に、ネクロマンサーたちは慌ててグランから距離をとろうと試みる。

しかしその間にも一人、二人と容赦なく命の灯を消されていく。

「ま、待ってくれ！　ど、どうして我々を襲うのじゃ!?」

叫んだディルの声で、ようやくその動きを一度止めたグランは面倒くさげに首を傾げる。

「これから死ぬ奴がそんなことを知ったところで何になるんだ？」

そしてまた一人、床に倒れた。

「……くそっ！」

ディルは憎々しげに呟くと、「こうなったら……」と数いる使い魔の中で一番の大物を呼び出す。

それは、先日グランが退治したレッドドラゴンだった。

「お、一週間待ってみたがやっぱり使い魔にしてたか。正直なところ期待半分だったんだが、レッドドラゴンを使い魔にできるってことは意外に優秀なんだな」

「ふんっ、油断したな！　儂のレッドドラゴンさえいれば貴様なぞ――」

ディルの言葉はそこで途絶えた。

レッドドラゴンの首から先がなくなっていることに気が付いたのだ。

今しがたレッドドラゴンを呼び出してからその間、ディルは一瞬たりとて視線を外したりはしていない。

それこそ瞬きすらしていなかった。

それなのに、グランは容易く何かをやってのけたのである。

もちろんその何かを理解できたものは誰もいなかったが、しかしそれがグランの手によるものだということだけは半ば本能的に察することができた。

そしてその瞬間、レッドドラゴンが呼び出されたことによって少なからず勢いを取り戻していたネクロマンサーたちの希望が見事に砕け散った。

「ほんと、興ざめするようなこと言わないでくれないか？」

グランのひどく冷たい声が広間に響き渡る。

「それともお前は馬鹿なのか？　そもそも俺が倒したレッドドラゴンなのに、アンデッド化した程度でどうして一瞬でも勝てると思ったんだ？」

「そ、それは……」

確かに、グランの言う通りだった。

ディルはこれまでの長いネクロマンサー歴の中で初めて手にしたレッドドラゴンという大物に、年甲斐もなく興奮していただけに過ぎなかった。

「俺はあくまで最後の悪あがきとして出してきたそれを容赦なく叩き潰す予定だったのに、まさか無謀にも俺に勝つための一手として呼び出すとは……これまた随分と下に見られたものだなぁ？」

不快感を露にするグランの声色に、ディルは無意識のうちに一歩後退った。

そして気付いてしまった。

既に自分以外のネクロマンサーが誰一人として息をしていないということに。

若いながらもネクロマンサーとしての才に溢れるザシュも、ネクロマンサーとしては珍しい剛気な性格の持ち主であるアグも、これまで共にネクロマンサーとして生きてきた仲間が皆、屍となって床に倒れている。

そして今、その屍を超えて、グランが一歩ずつ近付いて来る。

「ま、待ってくれ！　い、いや待ってください！　な、何か望みがあるなら聞きます！　だ、だからどうか命だけは……っ」

圧倒的な恐怖を前に、ディルは情けなくも膝をつき、頭を床に擦りつける。

しかしそれが功を奏したのか、不意にグランの足音が止まる。

「お前に一つ聞きたいことがあるんだが……」

「な、何でもお聞きください！」

この際、殺されずに済むのであれば何でも良かった。

それこそ相手が靴を舐めろというのであれば、ディルは喜んでそうするつもりだった。

「お前はアンデッドが自然発生しないということを知っているか？」

「……………？」

「いや、知らないならそれで良いんだ」

しかし、グランからの質問の意味はディルにはよく分からなかった。

グランもさほど期待していなかったのか、ディルの反応を見て、すぐにそう言う。

だが、これで少なくとも命だけは……というディルの淡い期待は、再び近付いて来るグランの足音によって一瞬で消え失せる。

「い、命だけは勘弁してくれるんじゃないのかっ⁉」

「俺は一言でもそんなことを言ったつもりはないんだが」

何を言ってるんだこいつは？　という視線で見下してくるグランに、ディルは小さく悲鳴をあげると後退る。

しかし無情にもディルの背中には冷たい壁の感触が伝わってきた。

「だ、誰か！　誰かいないのか⁉」

迫りくる死に、ディルは大声で叫ぶ。

広間のネクロマンサーたちは自分以外には死んでしまったが、外にならまだネクロマンサーたちが残っているはず。

ディルは藁にも縋る思いで、彼らを呼ばずにはいられなかった。

しかしいくら待っても、広間に誰かが来る気配はない。

まさか……と思い、ディルは恐る恐るグランに視線を向ける。

するとグランはどこか自嘲ぎみに肩を竦めながら言う。

「外には新鮮なアンデッドの素材がたくさん転がってるぞ？」

「っ……！」

その言葉の意味するところを理解したディルは愕然とした。

「ど、どうして、我々に手を出すのじゃ！　お前を蘇らせたのもまたネクロマンサーだというのにッ！」

「……まあ強いて言えば、誰だって降りかかる火の粉は払いたくなるもんだろ？　それに、なまじ知識がある奴っていうのはかえって面倒なんだよ」

「そ、そんな理由で……っ」

冥途の土産だとばかりに告げるグランに、ディルは拳を震わせる。

「こんな……！　こんなことが許されていいはずがないッ！」

ディルの怒りに震える声を、グランは鼻で笑う。

「お前は一つ勘違いをしている。俺は自己犠牲の精神を持った善人じゃなければ、誰かに裁かれるような悪人でもない。だから、慈悲だとか罪悪感なんてものは初めから存在しないんだよ。何たって俺は――」

――魔王だからな。

初めてその口の端を吊り上げるグランに、ディルはようやく自分の死を悟る。

「……化け物が」

グランを睨みながら、ディルは憎々しげに呟く。

対するグランはというと、その笑みを消して、まるで糞虫を見るかのごとくディルを見下ろしている。

「ほんと、興ざめだわ」

それが、ディルが耳にした最期の言葉だった。


「……はぁ。面倒なことはやるもんじゃないな」

広間でたった一人佇むグランは、周りに転がる死体の数々を見ながらうんざりしたように呟く。

「ネクロマンサーが見たら発狂して喜びそうな有様ではあるんだが……」

僅かばかり、その可能性も考慮したグランだったが、すぐに首を振る。

「俺の後輩にするには、ちょっと汗臭いな」

そう呟くグランがパチンと指を鳴らすと、辺りが一瞬にして炎の海と化す。

それを見届けたグランがその場を後にしてからしばらくの間、肉の焦げるような嫌なにおいが壁の窓から抜け出していた。

# 第十一話　休日の過ごし方

日差しが容赦なく人々を照らしている。

今日は約一週間ぶりの休日。商店街には人が溢れ、活気で満ち溢れていた。

そんな中で噴水の前に佇む一人の少女がどこか気難しそうな表情で口を尖らせている。

その少女――アリサは、燃えるような真っ赤な髪を風になびかせている。

だが最近のアリサとしては珍しく、使い魔のグランを連れていない。

さらにその素振りから察するに、どうやらアリサは人を待っているようだ。

しかしその表情を見れば、アリサがあまり気乗りしていないことは容易に窺えた。

というのもアリサは今日の休日を、最近の日課でもある魔力量を増やす特訓のために使おうと思っていたのである。

ではアリサは今どうして、こんなところで人を待っているのか。

それを説明するには少しだけ時間を遡る必要がある。

◇　◇

「グランにプレゼントぉ!?」

午後の授業中、訓練場にアリサの叫び声が響き渡る。

クラスメイトたちの多くがこの授業は基本的に駄弁ったりする時間というような認識を持っているが、さすがに叫び声をあげれば視線も集まる。

しかしアリサはそんな些細なことに気付いているのかすらどうか分からない勢いで、問題の発言をしたミラに詰め寄る。

「ど、どうしてミラがあいつなんかに!?」

全く意味が分からない！　というアリサの考えが表情全体から伝わってくる。

だが対するミラはというと、意外にもアリサの言葉をさほど意に介しているような表情には見えない。

「この子と契約できたのは、グランさんのお陰なんですよ？」

そう言うミラの肩には綺麗な水色の鳥がとまっている。

どう見ても鳥が肩で羽を休めているようにしか見えないが、何でもそれが〝精霊〟というやつらしい。

ただ、今の状態が精霊本来の姿ではないらしく、今はあくまで鳥の姿に擬態してもらっているとのことだった。

更に聞くところによれば、その色と同じく、水系統の魔法を操ることが出来るらしい。

一度アリサも実際に精霊が魔法を使うところを見せてもらったが、正直そこらの魔法使いに比べてもほとんど遜色ないレベルだと感じた。

ミラ本人曰く「精霊の気分がかなり良かったみたいです！」とのことだったが、精霊使いでもないアリサにはさっぱりだった。

因みにこの水精霊、何を隠そうレッドドラゴンを退治しに行った日に契約した精霊だ。

あの後、例のエスティナとかいう闇精霊が、この水精霊を連れてきてくれたのだ。

そしてその他にも色々とグランに手助けしてもらった結果、どうにか無事に契約を交わすことが出来たのである。

「もしグランさんが手助けしてくれていなかったら、たぶん私はこれからもずっと精霊と契約できなかったと思います。それだけでもグランさんに何かお礼をするのは当然ではないでしょうか」

「そ、それは……」

珍しく自分の意思をはっきりと言うミラに、アリサは思わず言葉に詰まる。

実際、ミラの言っていることは間違ってはいないだろう。

むしろそれが一番の選択肢であることは、アリサも分かっている。

ただ頭では理解しているのに、どうしてかアリサはあまり賛同する気にはなれなかった。

「そ、それよりグランは男だけど大丈夫なの？　前からずっと男は苦手だって言ってたじゃない」

「も、もちろん今でも男の人は苦手です。グランさんも初めは他の男の人たちと同じように苦手だったんですけど、アリサちゃんの使い魔さんだからと思ってる内に、何となく慣れてきちゃったみたいです」

「な、なるほどね」

確かにレッドドラゴンを退治した日の帰りの馬車では、ミラはしきりに窓をあけて御者を務めるグランに話しかけていた。

あれは既にグランに慣れていたのだろう、とアリサはその時のことを思い浮かべながら納得したように頷く。

しかしあの時の話をするのであれば、正直ミラ以上にも気になったのが……。

「なに話してるの？」

その時、アリサたちの下に抑揚のない声が聞こえてくる。

見てみると、ちょうどリリィが二人に近付いてきているところだった。

「実はグランさんに色々とお世話になったお礼に、何かプレゼントでも差し上げようかと思っていまして」

アリサが思わず「厄介なタイミングで来た」と思うと同時に、話していた内容をミラがあっさりとバラす。

するとアリサの嫌な予感が的中し、リリィが途端に目を輝かせる。

とはいえそれはあくまで親しい間柄であるアリサだからこそ分かるような僅かな変化なのだが。

嫌な予感というのは、どうにもレッドドラゴンの一件以来、リリィのグランに対する態度がやけに怪しいのだ。

それを初めに感じたのはミラと同じく、帰りの馬車の時だ。

というのも、リリィは帰りの馬車の中にはそもそもいなかった。

ではどこにいたのかというと、御者を務めるグランの膝の上である。

普段のグランならあり得なかっただろうが、リリィが小柄だったことが幸いしたのか特に邪険にすることもなかった。

しかしリリィが一体どういう思惑でそんなことをしたのかは、未だに分かっていない。

恐らくレッドドラゴン退治の時に二人で何かを話したのだろうが、たったそれだけのことでそこまで懐くものだろうかとアリサは訝しげに首を傾げた。

だが今、少なくともグランへのプレゼントなどと聞いて、リリィが黙って見ているはずがないということは容易に想像できた。

「わたしもグランにプレゼントする」

案の定、リリィは話に乗っかってきた。

思わず眉を顰めるアリサだったが、ミラの方はむしろ歓迎ムードだ。

「それなら次の休日にでも二人で一緒にプレゼントを買いに行きませんか？」

「えっ……、ふ、二人？」

ミラの提案に一番驚いたのはアリサだった。

するとミラは不思議そうに首を傾げる。

「あれ、アリサちゃんもグランさんに何かプレゼントするんですか？　さっきはあんなに言ってたのに」

「た、たまにはご褒美をあげるのもご主人様の務めよね！」

慌てたように言うアリサに首を傾げるミラだったが、一緒にプレゼント選びが出来るなら、と特にそれ以上は気にしなかった。

◇　◇

というのが先日のやり取りの一部である。

つまり今アリサが待っているのは、ミラとリリィの二人だ。

それから色々と予定を立てて、最初は噴水のところで待ち合わせをするのが一番分かりやすいだろうということになったのである。

「アリサちゃーん、おはようございますー」

「……おはよ。待った？」

するとどういうわけか同じタイミングで二人がやってくる。

恐らくここに来る道中で偶然一緒になったのだろうとアリサは予想しながら、手を振り返す。

「二人ともおはよう。私も今来たところよ」

それから少し噴水のところで談笑していると、ふと思い出したようにミラが聞いてくる。

「今日はグランさんは大丈夫だったんですか？　何となく最近は一緒にいるイメージが強かったんですけど」

「それが何かあいつ『今日はちょっと用事がある』とか言って、どこかへ行っちゃったのよね。まあきっとろくなことじゃないんでしょうけど」

今朝のことを思い出しながら、アリサが肩を竦めて言う。

「で、でもそれなら今日はちょうど良かったかもしれませんね。せっかくのプレゼントですし」

「確かに。少しくらいはサプライズ感があった方がいい」

ミラの言葉に同意するリリィ。

しかし三人の頭の中では等しく「グランの用事とは何だろう……」と密かに気になっていた。

「それで、今日はどんなプレゼントを買う予定なの？」

アリサの言葉に、二人はそれぞれ思案顔を浮かべる。

「わ、私はお二人と一緒に考えようかと思っていたんですが……」

「何を買うかは決めてないけど、あまり高いのは無理」

二人の言葉にアリサが頷く。

「それじゃあ手頃な値段で良さそうなのがないか、とりあえずぶらっと商店街を見て回ってみましょうか」

そう言って、三人は活気あふれる商店街の方へとその足を向けた。

「……なかなか良いプレゼントがありませんね」

それからしばらく商店街を見て回った三人だったが、プレゼントに良さそうなものを見つけた者は誰もいなかった。

「ネックレスとかのアクセサリーは、どう考えてもあいつの柄じゃないしね」

アリサの言葉に他の二人が「確かに」と言わんばかりに苦笑いを浮かべる。

しかし実際、いつも真っ黒な服装に身を包むグランが何かアクセサリーをつけている姿は想像しにくい。

物によっては意外に似合うのかもしれないが、それでもグランがいない状態で似合うかどうかも分からないアクセサリーを選ぶのはあまり良い手とは思えなかった。

「……ワイン、とかどうかしら？」

その時、不意にアリサが思い出したように呟く。

「グランさんってワインを飲むんですか？」

ミラの質問にアリサが頷く。

「二日に一度は、うちのお父さんと夜中一緒に飲んでるわ」

「そ、そうなんですか」

アリサの父ということはつまりアシュレイ家の当主ということだろう。

意外な組み合わせに驚かされるも、とりあえずグランが喜びそうなプレゼントの手がかりになったのは間違いない。

「ワインなら手頃なものもあるでしょうから、とりあえずお店に行ってみましょうか」

そう言ってワインを売っている店までやって来た三人だったが、ここで再び問題が発生した。

「ど、どのワインを買うのがいいんでしょうか」

「わ、私は飲んだこともないから分からないわ」

「……同じく」

店の中に数多くあるワインの中から、一体どれを選べばいいのかという知識が三人にはこれっぽっちも無かった。

店主に頼ろうとも当然考えたが、カウンターのところで忙しそうに作業をしている姿を見ると、何となく声をかけるのも憚られた。

「でも、出来れば自分で選んだのをあげたい」

それに、リリィのそういう意見もある。

アリサとミラはお互いに顔を見合わせると、覚悟を決めたように頷きあう。

「それじゃあ十分後に、それぞれ良さそうなやつを一本選んで集合するということで良いわね？」

「はい、それで構いません」

「私も大丈夫」

そして三人はどこか緊張した面持ちで、ワイン選びを始めた。

# 第十二話　ワインの行方

「と、とりあえず全員一本ずつは買えたわね」

「は、はい！」

「……疲れた」

何とか目的を果たすことができた三人は今、店を出て、近くの喫茶店で一休みしていた。

三人が囲む丸いテーブルの上には、それぞれが買ったワインボトルが置かれている。

「それにしてもミラはまた随分と奮発したわね……」

アリサはミラの前に置かれたワインボトルを見ながら呟く。

というのも、アリサとリリィが手頃なワインを選ぶ中で、唯一ミラだけは驚くような値段のワインを購入していたのである。

ちらっと値札を見た限りでも、アリサたちの買ったワインを何十本も買えるような代物だった。

そのお陰か、忙しそうにしていた店主も途端に愛想が良くなり、プレゼントだと伝えると嬉々として包装してくれた。

「そ、そうですか？　よく分からなかったので、適当に目に入ったやつを選んだんですが……」

しかし本人はそんなに高いという認識はなかったのか、首を傾げながら言う。

確かにミラの家はアシュレイ家とも並ぶような大貴族だ。

そこの一人娘であるミラに一般的な金銭感覚を求めることのほうが酷な話なのかもしれない。

「ま、まあグランはそのほうが喜ぶだろうし、私は別に構わないんだけど……」

アリサはそう言うと、注文したアイスティーに口をつける。

するとこれまでずっと無言で自分の頼んだフルーツジュースを飲んでいたリリィが思い出したように静かに呟く。

「そういえば、これどうやって渡すの」

「……………」

その言葉に、飲み物に口をつけていた二人の動きが固まる。

言われてみれば確かにこれをどう渡すつもりなのかということについて、これまで全く考えていなかった。

家に帰ればグランに会えるだろうアリサについては特に心配する必要はないだろう。

しかし問題はアリサ以外の二人である。

二人のグランとの唯一の接点といえば、学園くらいだろうか。

だが買うのは問題なかったとはいえ、学園にお酒を持ち込むというのはいくら何でもまずいだろう。

前例こそないが、見つかれば没収されたとしても文句は言えない。

だとすれば現状での唯一の方法として考えられるのは、とりあえずアリサに渡してからグランに届けてもらうという方法くらいのものだが……。

「できれば自分で渡したい」

全員の頭の中にその方法が浮かんだ時、リリィがぽつりと呟く。

表情はほとんど変わらないが、その視線は目の前のワインボトルに注がれている。

「わ、私もできれば自分でちゃんとお礼を伝えたいです」

するとリリィの意見に、ミラも同調する。

どちらにせよプレゼントを買った張本人にそう言われれば、アリサとしても止めることは出来ない。

しかし、それぞれでプレゼントを渡したいというのであれば、グランにいつ渡すのかという問題は相変わらず残っている。

三人は必死に知恵を絞ろうとうんうん唸るが、やはりそう簡単に解決できるような問題ではないようで、一向に良い案は浮かばない。

できれば自分で渡したい、と言っていた二人もやっぱりアリサからグランに渡してもらうしかないのだろうか……と諦めかけていたその時。

「あ、コーヒーよろしく」

この場にいるはずのない人物の声がすぐ近くから聞こえてきた。

「グ、グランっ⁉」

そこにはいつの間に現れたのか、朝から用事があると言って出掛けて行ったグランが、三人の囲むテーブルの余っている席に「最初からいましたけど？」と言わんばかりの我が物顔で座っていた。

三人が驚き目を見開く間にも、グランは頼んだコーヒーを店員から受け取り、あまつさえ満足げに飲んでいる。

「ん？　どうしたんだお前ら。そんな揃いも揃って間抜けな顔して」

「ど、どうしてあんたがここにいるのよ！　用事があるって言ってたじゃない！」

なんとかいち早く我に返ったアリサが、三人の代表として聞く。

するとグランは何やら小さくため息をこぼしながら答える。

「用事はもう終わったんだよ。いやぁ、本当に面倒な用事だった……」

面倒な用事とは何だろうとも思ったが、グランのことを考えればどんな用事でも「めんどくさい」の一言で済ませてしまいそうだ。

それにグランが素直に教えてくれる可能性も高くはないはず。わざわざ聞く必要もないだろう。

「それで用事が終わったからって、どうしてここにいるのかは謎なんだけど。というかそもそもいつの間に来たのよ」

「いや、俺も別にここに来るつもりはなかったぞ。疲れたし、帰って昼間から爆睡してやろうと思っていたんだが、帰る途中でお前たちが喫茶店なんかにいるのが見えてな」

「それでそのまま寄ったってわけ？」

「因みに今、金持ってないから勘定はよろしくな、ご主人様」

「つ、都合がいい時ばっかり、ご主人様呼ばわりして……。まあ別にそれくらいなら構わないけど」

文句を言う気も失せるくらい呆れてしまったのか、意外にもアリサは文句も言わずに了承する。

するとこれまでアリサの質問に答えていたグランが今度は質問する。

「それで、こんなところで三人は何をしてたんだ？　アリサとミラはてっきり魔力量を増やす特訓をしてるのかと思ってたんだが」

「そ、それは……」

確かにアリサは当初、久しぶりの休日を特訓のために費やす予定だった。

だがミラの提案によってグランへの日々のお礼も込めたプレゼントを選びにきたのである。

しかし、果たしてそれらの事情をグランに伝えていいものか。

それでは当然、プレゼントのこともバレてしまう。

だが、アリサがそんな風に頭を悩ませている隙に、フライングをする者が一人。

「あ、あの……これ、今まで色々とお世話になったことへのお礼なんですが、もしよろしければ受け取っていただけませんか……？」

どこか緊張した様子のミラが、プレゼント用に包装されたワインボトルをグランへと差し出す。

グランは首を傾げながら受け取るが、それがワインボトルだと気づいた途端に目を爛々と輝かせる。

「こ、これ本当に俺が貰っていいのかっ？」

「は、はい。日頃の感謝の気持ちですから」

ミラの言葉を聞いたグランは感極まったようにワインボトルを掲げる。

そんなグランの大げさとも思えるような反応に、少なくとも喜んでもらえたことは間違いないだろうとミラも表情を綻ばせる。

だが、他の二人がじとーっと冷たい視線を向けていることに気付くと慌てて咳払いを一つして目を逸らす。

すると先陣きったミラに感化され覚悟を決めたのか、今度はリリィが静かにワインボトルを手に握る。

「ね、ねえグラン。これ、そんなに良いワインじゃないけど、貰ってくれる……？」

そう言うリリィの声は、いつもより僅かに固く感じる。

きっと慣れないことをして緊張しているのだろう、と友人二人は微笑ましいものを見るような目でリリィを見つめる。

対するグランだが、突然その顔をリリィの耳元へ近付ける。

そしてリリィにだけ聞こえるような声でぼそっと……。

「ここだけの話、実は俺……味音痴なんだ」

意外な告白に目を見開いて驚くリリィに、グランはニッと笑いかける。

釣られてリリィもその口元を僅かに綻ばせた。

二人のやりとりが聞こえない外野の二人は、リリィがそんな表情を浮かべていることに驚きを隠せない。

しかし当の本人は無事にワインを渡せて、更に喜んでもらえた、と満足げに頷いている。

それから少しして目的を達した二人は、未だに渡せていないもう一人に視線を向ける。

アリサとしては二人の前でそんなことをするのはちょっと恥ずかしいので屋敷で渡すつもりだったのだが、どうやらそういうわけにもいかないらしい。

アリサは観念して覚悟を決めると、ワインボトルを片手に立ち上がる。

「…はいこれ、あんたにあげるわ」

「なんだ？　お前もくれるのか」

何か悪態でも吐かれるかと思っていたアリサだったが、意外にも素直に受け取るグランに、こんなことなら他の二人と同じようにちゃんとお礼を伝えればよかっただろうかと少し後悔する。

しかし当の本人が全く気にしていない様子だったので、アリサもそれ以上は気にしないことにした。

「大したことをしたつもりはなかったんだが、こんなにワインを貰ったからには、こっちも何かしてやらないといけない気持ちになるな」

そう言ったグランはしばらく考えた末に、何か思い出したように指を鳴らす。

「手始めにリリィとしてた約束を果たしに行くか」

「約束……？」

グランの言葉に事情を知らない二人が訝しげに首を傾げる。

そして名前が出たリリィは僅かに目を見開く。

そんな三人に気付いているのか気付いていないのか、はたまた気付いていて無視しているのかは分からないが、グランが事情を説明する。

「この前レッドドラゴンと戦った時に散々連れ回したからな。その時のお詫びに初めて魔物をテイムする時は俺が付き添う約束をしてたんだよ」

「そ、そんな約束をしてたのね」

驚く二人にリリィが小さく頷く。

「お前たち、これから特に予定とかないよな？　まあ仮にあったとしても、リリィさえ暇ならそれで良いんだが」

「私はどうせこの後は帰って特訓しようと思ってたから時間はあるわよ」

「わ、私も特に何も予定はありません」

そして最後に残ったリリィだったが、しばらくの沈黙の末に、いつもの無表情で口を開いた。

「この後はちょっと……用事、ある」

少し申し訳なさそうに呟くリリィに、グランは「それじゃあ初めてのテイムはまた次の機会にするか」と頷く。

「二人ともごめん」

「い、いえ全然大丈夫ですよ！　気にしないでください！」

「そうよ。そもそもリリィがメインの話なんだから、その主役の都合が合わないんだったら元も子もないでしょ？」

「お、アリサが珍しくまともなことを言ってる」

「め、珍しくってなによ⁉」

グランとアリサがいつものやりとりを続けているが、リリィの表情は相変わらず少し暗い。

ふとそこでリリィはグランを見る。

すると、まるで見計らったようなタイミングでグランもリリィの方を見る。

当然、目が合うわけだが……。

「……っ」

グランは全てを分かっているかのような笑みで、ウィンクする。

リリィはびっくりしたように目を見開くが、それだけで何かを察したのか、表情はいつの間にか普段のそれに戻っていた。

「それじゃあ今日はとりあえずこれで解散しましょうか」

そんな二人の様子に全く気付かないアリサが、そう言う。

確かに既にプレゼントを渡すという目的自体は達しているので、そろそろお開きにしてもいい頃合いだろう。

ミラとリリィもその意見に頷いている。

「…………」

しかしグランは静かにコーヒーカップに口をつけている。

いつもなら一番に「早く帰ってワインを飲むぞ！」となりそうなグランの妙な反応に、アリサも首を傾げる。

すると三人の視線を一身に受けるグランは、いつもの笑みを消すと、目を細めてボソリと呟いた。

「……どうやら、そんなことを言ってる暇はないみたいだぞ」

なにを、と誰もが思ったその時――。

『我が言葉に耳を傾けよ』

突然、辺りに大きな男の声が響いた。

何事かとよく周りを見てみれば、やけに店の外が騒がしい。

アリサたちは慌てて会計を済ませると、店の外へ飛び出す。

そして他の人々同様に空を見上げた先には一人の男が映し出されていた。

「こ、これは……」

「光魔法の応用だな。ここまで綺麗に映し出せるなんてなかなかの使い手じゃないか」

その言葉にアリサは驚く。

それはこれが光魔法によるものだということに対して。

そしてそれ以上にグランが誰かを手放しに褒めたことに対して驚かずにいられなかった。

『我が名はロロイド＝ジスタニア。此処フェルマ国に隣接するジスタニア国の国王である』

「なっ……!?」

空に浮かぶ男から告げられた言葉に、アリサたちだけでなく周りの人々まで驚愕の表情を浮かべている。

ジスタニア国といえば、大陸屈指の強大国として知らぬ者はいない。

確かにそんな大国なら、光魔法を駆使する優秀な魔法使いがいることも納得できる。

しかしそんなジスタニア国の国王がここまで大々的に一体なにをしているのか、現状でそれを理解している者は誰一人としていなかった。

「………」

周りの人々が揃いも揃って呆然と空を見上げる中、唯一グランだけは冷静に周りの状況の把握に努めている。

そしてこれから起こるだろうことを予想して、近くにいるアリサたち三人を半ば強引に人混みから離れた場所へと移動させる。

よく意味のわからないグランの行動に不満げな表情を見せるアリサだったが、空に映し出される男の次の言葉を聞いて、そんな不満は一瞬にして消え去ってしまった。

『ジスタニア国は今日をもって、フェルマ国に宣戦布告をするッ!!』

# 第十三話　ネクロマンサーの素質

アシュレイ家のリビング。

アリサとグランは、二人で夕食をとっていた。

いつもなら一緒に食べているはずのジャルベドだが、今日はその姿はない。何でも王城で緊急会議が開かれるらしく、アシュレイ家の当主として招集されているのだ。

何の緊急会議なのかは言わずもがな、ジスタニア国からの〝宣戦布告〟についてである。

光魔法を駆使した大々的な宣戦布告の後、王都は大混乱に包まれた。

けたたましい喧騒と、パニックになる人々。

そしてそれは、アリサたちのいた商店街も例外ではなかった。

休日ということで人もかなり多かったことが災いし、あわやアリサたちも押し寄せる人の波に押しつぶされそうになった。

だがグランが事前に人の少ない場所へ移動させていたお陰で、何とか事なきを得た。

その後、一緒にいた他の二人をグランが家まで送り届けたのがつい数刻前の話である。

「それにしても、まさかこのタイミングでジスタニア国が宣戦布告をしてくるとはな」

それはアリサも同感だ。

そもそも大国ジスタニアからすれば、ここフェルマ国など弱小国家に他ならない。

それなのにこれまでどうしてフェルマ国が兵を向けられなかったのか。

その背景には、一つの国の存在が大きい。

大国ジスタニアからちょうどフェルマ国を挟んだところに位置するウェスカ国は、ジスタニア国にも劣らない強大国である。

そしてその二国は長年、冷戦状態にあり、互いに攻め入る機会を窺っていた。

もしどちらかの国がフェルマ国に攻め入れば、その僅かに疲弊した隙を、もう片方の国に攻められることは可能性としても十分に考えられた。

つまり二つの国の均衡によって、フェルマ国はこれまで存続することが出来ていたのである。

そして今回ついにその均衡が崩れた、ということなのだろう。

「ま、明らかに戦力差がある大国に攻め込まれるんだ。普通に考えれば、今夜にでも荷物をまとめておいた方がいいんじゃないか？」

グランの言うことは尤もだ。実際に、そうする人たちは少なからずいるだろう。

大国ジスタニアの国力を知っている者ならば、むしろそうして当然とさえ思える。

しかし、アリサは首を振った。

「私は貴族の娘よ。家名に泥を塗るようなことは出来ないし、何より私がしたくない」

きっぱりと自分の意思を伝えるアリサに、グランは一瞬だけ驚いたような反応を見せる。

だがアリサはそのことを気に掛けるでもなく、ふいに質問を投げかける。

「今の私なら、どれくらいのアンデッドと契約できる？」

「……どうしてこんな時にそんなことが知りたいんだ？」

少しの沈黙の後、グランが僅かに目を細めて聞き返す。

するとアリサは間髪入れずに、真剣な面持ちで答えた。

「こんな時だからこそ出来ることをやりたいの」

ジッとグランを見つめるアリサは、その視線を逸らさない。

「……最近は魔力量の特訓も頑張ってるみたいだし、今なら百体前後は使役できるはずだ。もちろんそうは言っても、下級の魔物で数だけ揃えた場合の話だけどな」

アリサの揺らがない強い意思を感じたグランはそれ以上何か言うこともなく、質問に答える。

そして次にアリサが何か反応を示す前に、一つの提案をする。

「明日、俺が魔物の死体を集めてきてやる。もちろん百体分。お前はそれと契約すればいい」

「えっ……」

グランの言葉にアリサが目を見開く。

何せ、その提案はまさにアリサが望むものだったからだ。

まさかそれをグラン自ら立候補してくれるとは思ってもいなかったのである。

アリサからすれば願ったり叶ったりの状況だ。

しかし、そんなアリサの表情はどこか暗い。

「わ、私だってあんたがそうしてくれるなら助かる。でも、他のネクロマンサーたちが苦労してるだろうことを、私だけが楽していいのかなって」

「……はぁ？」

申し訳なさそうに言うアリサだったが、対するグランはこれまでとは打って変わって呆れたような声をあげる。

そして一つ大きなため息を吐いたかと思うと、「あのなぁ」と言葉を続ける。

「お前が何を勘違いしているのかは知らんが、ネクロマンサーっていうのは使い魔をこき使ってなんぼだ。というかそれ以外には能が無いと考えた方がまだ分かりやすい」

「そ、そんなことは……」

「じゃあ聞くが、お前は自分の使い魔たちと一緒に敵に突っ込むのが仕事なのか？　違うだろ？あくまでどれだけアンデッドたちを使役できるか、それがネクロマンサーにとっての最大の課題だったはずだ」

グランは珍しく真剣な様子で、熱心な説明をする。

「仮とはいえ俺は今、お前の使い魔だ。俺が命令を断るならまだしも、主であるお前が命令するのを憚る必要はない。むしろそんな考え方をする奴がいたら、そいつはまず間違いなくネクロマンサーとしての成長は見込めないな」

「そ、それは……」

グランの正論にぐうの音も出ないアリサは黙って俯くことしか出来ない。

そんなアリサに、グランは最後に言う。

「お前はただ、お前が望むままに俺を使えばいい。俺の気分さえ良ければ、何だってしてやる」

「っ……！」

その言葉を聞いたアリサはびくっと肩を揺らす。

そして、それからしばらく何かを考えるように目を閉じたかと思うと、まるで何かを切り替えるように大きく息を吐く。

次の瞬間、再び開かれた真っ赤な瞳には先ほどまでの迷いは一切見えない。

「明日、魔物の死体を出来るだけたくさん集めてちょうだい」

「了解だ、ご主人様」

待ってましたと言わんばかりの表情で、グランはその命令に頷いた。

◇　◇

宣戦布告から一夜明けた次の日。

生徒たちの事情も考慮して学園は無期限の休校という措置をとった。

しかし、来ても意味がないはずの学園にやって来た生徒が一人いた。

アシュレイ家が末女、アリサ＝レド＝アシュレイである。

アリサは誰もいない校舎の中を、脇目も振らずに目的の場所へと向かう。

そして一つの扉の前で立ち止まった。

「はい、どうぞ」

アリサが扉をノックすると、部屋の中から若い女の声が聞こえてくる。

どこか緊張した面持ちで、アリサはその扉を開ける。

「おはようございます、学園長」

今、アリサの前には学園長を務めるルルアナが相変わらずの書類作業に追われていた。

「……今日はあなたですか」

アリサの姿を見るなり、嫌なことでも思い出したようにこめかみを押さえるルルアナ。

何の事情も知らないアリサは首を傾げるが、今日やって来た理由を思い出すと慌てて首を振った。

「学園長。不躾ではありますが、一つお願いしたいことがあります。……わ、私を軍に入れてください！」

「…………」

そこでルルアナは初めて書類作業をしていた手を止め、僅かに細められた目でアリサを見る。

「軍に入りたいとは一体どういうことでしょうか」

「ジ、ジスタニア国との戦いはフェルマ国が一丸となって戦わなければいけません。私も微力ではありますが軍に参加させていただきたいのです！」

実際問題、大国ジスタニアとフェルマ国では戦力の差はかなりあると予想できる。

それなら現在フェルマ国としては、それこそ猫の手も借りたいという思いだろう。

そして、軍に参加させてもらえるように口添えをしてくれる人を考えた時、アリサの頭に浮かんだのは歴戦の英雄として名高いルルアナだった。

だからアリサは今日グランが魔物の死体を集めてくれている間に、自分にできることをしようと思い、一人でここまでやって来たのである。

「アリサさんの軍参加を認めるわけにはいきません」

「なっ……!?」

しかし、ルルアナの言葉はアリサが予想だにしなかったものだった。

まさか断られるとは思ってなかったアリサは目を見開く。

「ど、どうしてですか!?」

アリサは普段のルルアナに対する敬意も忘れて、思わず声を大きくする。

だが今のフェルマ国の危機的状況を考えれば、アリサの慌てようは分からなくもない。

しかしそれでもルルアナは今の言葉を撤回するつもりは全くないようだ。

「まず初めに確認させていただきたいのですが、アリサさんは自分が軍に参加したい、その旨を私に頼みにくるということをご家族の誰かに伝えましたか？　また、その了承を得ましたか？」

「そ、それは……」

ルルアナの言う通り、アリサは今回のことを誰にも言わずにやって来た。

遠征中の姉二人は仕方ないとはいえ、ジャルベドにも伝えていないのには理由がある。

もしアリサが軍に参加したいなどと言えば、ジャルベドはまず間違いなく反対するだろう。

それでも参加しようとすれば強硬な手を使ってでも止めようとしてくる可能性は十分にある。

だからアリサは、ジャルベドが会議で家に帰ってこない隙に、学園長に軍への参加を頼みに来たのだ。

「……やはり誰にも伝えていないようですね。であればやはり、アリサさんを軍に参加させることは出来ません」

「わ、私は自分の意思でここまで来ました！　親の許可だとか、そんなのは関係ありません！」

「関係なくはないでしょう。アリサさんは《レド》の称号を持つアシュレイ家の一員なんですよ？　アシュレイ家にとって大事なご令嬢を何の理由もなしに軍に参加させるわけにはいきません」

断固として軍に参加させまいという姿勢をとるルルアナに、アリサは下唇を噛む。

「……確かに私はアシュレイ家の一員です。でも本当の意味でアシュレイ家の名に相応しいのは、優秀な姉二人。間違っても〝落ちこぼれ〟の私ではありません」

「だから自分を軍に参加させても問題はない、ということでしょうか？」

ルルアナの言葉にアリサが頷く。

するとルルアナは僅かな逡巡の末に、再びアリサに質問を投げかける。

「それでは一つ聞きますが、アリサさんはどうしてそこまで軍に参加したいのですか？」

「そ、それは当然、危機的状況に瀕する祖国のためです」

真剣な面持ちでアリサが答える。

しかしルルアナはその答えに僅かに目を細める。

「本当に〝祖国のため〟なんでしょうか？」

「そ、それはどういう……」

「アリサさんは今回の戦いで何かしらの戦功を立てようと考えているのではないですか？　少しでも優秀な姉二人に追いつけるように」

「っ……！」

ルルアナの言葉に目を見開くアリサ。

少なくともアリサは本気で祖国のために戦いたいと思っていた。

しかしそう言われて、自分でも気付いていなかった本心を喉元に突きつけられたような気がした。

だが仮にルルアナの言う通りだったとして、それでアリサの決心が無かったことになるわけではない。

相変わらずの強い意志のこもった瞳で、ルルアナを見つめる。

そんなアリサの意思を察したのだろう。

ルルアナが微かに声を低くして言った。

「確かに、戦場では戦功を立てることが出来ます。しかしそれ以上に、戦場とは人が死ぬ場所です」

「っ……」

歴戦の英雄として名高いルルアナが言うような台詞ではない。

そう思う者も少なくはないだろう。

しかし歴戦の英雄だからこそ感じてきた戦場の雰囲気を、アリサは少なからず感じ取っていた。

思わず言葉に詰まり、ごくりと喉を鳴らす。

「それに今回のジスタニアとの戦いですが、戦力差だけで考えても、フェルマ国の勝利は万に一つもありません」

「なっ……!?」

だが、さすがのアリサもその発言は看過することが出来なかった。

それは断じて学園長であるルルアナが吐いていい台詞ではないはずだ。

もしルルアナがそんなことを言っていたという噂が広まれば、国中があっという間にパニックに陥るだろう。

しかしそれでもアリサは、にわかにはルルアナの言葉を信じることが出来なかった。

いや、現実的に考えて、ルルアナの言葉が正しいことは分かっている。

だが突然告げられた敗北という二文字が、これまで平穏な暮らしをしてきたアリサにとってはあまりに非現実なものだったのだ。

「が、学園長は、戦いには参加しないんですか……？」

「もちろんしますよ、国からの要請もありますからね。でも国同士の戦いというのは、個人の力でどうにか出来る範囲を遥かに超えています。――個は――軍に敵わないのです。……いえ、敵ってはいけないのです」

静かに告げるルルアナの瞳は暗い。

すぐそこにまで迫りくる死地をひしひしと感じているのだろう。

「私は学園長として、この学園の生徒を守る義務があるのです。もちろんそこにはアリサさん、あなたも含まれています。未来ある生徒を、敗北の待つ戦場へと連れていくわけにはいきません」

「そ、それは……」

一歩間違えば暴動になりかねない情報を教えてまで軍への参加を止めようとしてくるルルアナに、アリサは思わず言葉に詰まる。

正直、そこまでの覚悟はアリサにもまだ出来ていなかった。

しかし、このまま自分の国が他国に侵されていくのを、アリサは黙って見過ごすわけにはいかない。

何か一つでも自分に出来ることがあるのなら、喜んでそれをやるつもりだった。

するとそんなアリサの意思を察したのか、ルルアナが小さくため息を吐く。

「……仕方ありません。それでは一つだけアリサさんにお願いしたいことがあります。よろしいですか？」

観念したように呟くルルアナとは対照的に、アリサはその言葉に勢いよく頷いた。

# 第十四話　使者としての責任

「ほ、本当に行っちゃうんですか……？　な、何もアリサちゃんが行かなくても……」

「確かにそれはそうなのかもしれないけど、私は今の自分に出来ることをやらなかったら後悔すると思うから」

それでも心配そうな表情を浮かべるミラに、アリサは苦笑いを浮かべる。

ミラが心配するのも無理はない。なぜならアリサは今、使者の一人としてウェスカ国へ赴くことになっているのだ。

ルルアナからの妥協案として今回の作戦に加わることになったアリサだが、アシュレイ家の名は他国といえど大きな影響力がある。

今回アリサに課せられた使命は、ウェスカ国に軍事的支援を求めること。

フェルマ国を挟んで均衡を保っていた両国だが、その均衡が崩れたということはジスタニア国側は既に戦う準備が整っているということに他ならない。

もしフェルマ国が敗北すれば、大国同士の戦争はもはや避けられない。

それはウェスカ国とて理解しているだろう。

もしウェスカ国がジスタニア国と戦うだけの準備が出来ていないとなると、フェルマ国の敗北は看過することは出来ないはずだ。

つまり今回の使者団は、その可能性に賭けたものということになる。

危険なことはもちろんアリサも承知している。

しかし、任された以上は何としてでもやり遂げようと心に決めていた。

因みに、今回のアリサの行動についてはジャルベドも知っている。

学園に直談判しに来たことも含めて、使者を任せたという旨をルルアナが報告したのである。

普段のアリサに対する溺愛っぷりから想像できる通り、当然その日の夜は荒れた。

というのも、何とかアリサに考えを改めさせようとするジャルベドと、断固として使者団に参加する意思を変えようとしないアリサとで大喧嘩になったのだ。

一時間にも及ぶ口論の末、グランの仲裁のお陰でジャルベドも渋々了承したのだった。

しかし、めんどくさそうだと言いながらも、あの時グランが仲裁してくれていなければ、口論はまだまだ続いていただろうことを想像すると、アリサは思わず顔を顰めた。

「何だ、今から緊張でもしてるのか？」

「う、うっさいわね！」

グランがいつもの如くからかってくる。これから重大な任務を任されているというのに、その不遜な笑みは相変わらずだ。

そんなグランの表情を見て、アリサはふと学園長とのやり取りを思い出す。

『失敗は許されない、と言うべきなのでしょうね』

『実際に許されないのでは……？』

『確かにそうかもしれません。でも私はそれ以上に学園長として、あなたが無事に帰ってくることを祈っています』

そう言われた時、アリサは少なからず胸が熱くなった。

尊敬する学園長からそんなことを言われる日が来ようとは、夢にも思っていなかったのである。

しかしアリサはその時、自分がどんな表情を浮かべていたのかよく覚えていない。

だが、何となく誰かさんのような不敵な笑みを浮かべていたのではないか、と思っている。

『……たぶんそれは大丈夫だと思います。私の使い魔は、何でも世界最強らしいので』

『それは……期待できそうですね』

その時のルルアナの驚いたような表情を思い浮かべながら、グランを見る。

どこか緊張した面持ちの他の使者たちに対して、一人で暢気に鼻歌を歌っているグランは一体どんな神経をしているのか、不思議に思う。

しかし最近では意外に自分も感化され始めているのかもしれないと思うと、アリサは再び顔を顰めた。

そんなアリサを横目に、傍にいたリリィが不意にグランの服の袖を引っ張る。

「お、どうした？　もしかしてお前も心配してくれるのか？」

笑みを浮かべながら言うグランに、リリィは首を振る。

「グランのことは、心配してない。強いから」

そう言うリリィは、少しだけ顔を俯ける。

「……アリサを守ってあげて。わたしはまだ、力になれないから」

未だに魔物を一匹も使役していないリリィは、魔物使いとして何かが出来るわけではない。

顔を俯けたのは、本人もそれが分かっていたからだろう。

「ワインも貰ったからな。任せろ」

そんなリリィの頭をごしごし撫でると、グランはニッと笑う。

それを見てリリィも釣られて僅かに口の端を吊り上げた。

「何してるのグラン！　そろそろ私たちも準備しないと置いていかれちゃうわよ」

アリサがグランを急かす。

周りを見れば、確かに他の使者たちが馬車に乗り込んだり、馬に跨ったりしている。

因みにアリサは馬車ではなく馬に跨る方だ。

といっても本人は馬には乗れず、グランに頼らなければいけないのだが。

急かすアリサを適当にあしらいながら、グランはアリサと共に馬に跨る。

どうやら二人の準備ができるのが最後だったらしく、同時に門が開かれた。

ミラやリリィたちに見送られながら、アリサたち使者団は夕暮れと共に出発した。

◇　◇

「もうすぐ国境だ！　みんな疲れているとは思うが、あと少し頑張ってくれ！」

アリサたち使者団はかなり順調なペースでウェスカ国へ近付いていた。

この調子でいけば一時間とかからずにウェスカ国との国境に辿り着くことが出来る。

しかし、全員が胸の中でそんな期待を抱いていた矢先――。

「あれは何だ……？」

前方にかなりの数の影がいることに気付いた使者たちは訝しげに馬の脚を止めさせる。

しかもよく見れば、その無数の影はどうやら使者たちの方へ迫ってきているらしいことが分かった。

「お、おい、まさかあれって……」

そんな影をジッと見ていた使者の内の一人がぽつりと呟く。

――ジスタニア国の兵士じゃないか、と。

その言葉に周りの使者たちは、近付いて来る影をジッと見つめる。

そして月明りに照らされて次第に明らかになる影の正体に、使者たちは息を呑んだ。

「ま、間違いない。ジスタニア国の兵士だ……！」

兵士たちの纏う甲冑に印された紋章は、大国ジスタニアの国章に間違いなかった。

「い、一体どうしてジスタニア国の兵士がこんなところに⁉」

「……恐らくだが、我々の行動を予測していたのだろう」

フェルマ国に大国ジスタニアと戦えるだけの国力がないことは周知の事実。

そんなフェルマ国が一番最初にどんな手を打つかということは、容易に想像できる。

だからジスタニア国は先回りして、いずれ来るだろう使者たちを待ち伏せしていたのだ。

「……さすがにあの兵士たちを躱して国境を抜けるのは不可能だろう。かと言って、敵方が撤退を許してくれるとも思えない」

使者たちは絶望の表情を浮かべながら、迫りくる数百にも及びそうな敵軍の兵士たちを見つめる。

どう考えても、十人に満たない使者団たちで太刀打ちできる相手ではない。

全滅──全員の頭にその言葉が浮かんだ時、異を唱える者が一人いた。

「私が殿《しんがり》を務めます。その間に、皆さんは戻って作戦の失敗を伝えてください」

「な……っ⁉」

その言葉に、驚愕の表情を浮かべる使者たち。

何故なら、その言葉を告げたのは年端も行かない学園の生徒、アリサだったのである。

「な、何を言ってるんだ！　常識的に考えても、殿を務めるのは大人の仕事だ！」

「……それはたった数人で数百の兵士たちに時間稼ぎを出来る、ということでしょうか」

「そ、それは……」

アリサの発言に、使者たちは言葉に詰まる。

確かに、使者たちの中には十倍以上の戦力差を前にして時間稼ぎを務められるような実力者はいなかった。

「し、しかしそれは君だって同じことじゃないか」

尤もな意見に周りの使者たちも頷くが、アリサは首を横に振る。

「私はネクロマンサーとして、数百体のアンデッドを使役することができます」

「……！」

その言葉に、使者たちは目を見開く。

これまで絶望的な未来しか見えない状況で、初めて希望が見えたような気がしたのだ。

しかし使者たちの胸中には相変わらず、子供にそんなことを任せても良いのだろうかという思いが渦巻いていた。

そんな使者たちの思いを察したのだろう、アリサが一段と強い意志のこもった真っ赤な瞳を彼らへと向ける。

「今、一番避けなくてはならないのは全滅です。一人でも今回の任務が失敗したという旨を伝えられなければ、フェルマ国の人々は、私たちの吉報を無意味に待つことになってしまいます」

そしてアリサは一つ息を吐いた後、静かに告げる。

「私たちは今、私たちに出来ることをやるべきです」

「……っ！」

アリサの言葉に、使者たちの表情が引き締まる。

そしてすぐにお互いに顔を見合わせて、何かを決心したように頷き合う。

「君に殿を任せる。心苦しいが、どうやらそれが今の私たちに出来ることらしい」

使者たちはそれだけを言うと、必要最低限以外のものを放り出し、今来た道を戻っていった。

何とか使者たちを説得できたアリサはホッと息を吐くと、すぐに真剣な面持ちで迫りくる敵に視線を向ける。

ジスタニア国の兵士、その数——数百。

つい今しがた啖呵《たんか》を切ったアリサだが、これが初陣、しかも殿ともなれば物怖じしないわけがなかった。

手は震えており、気を抜けば逃げ出してしまいそうになる。

それでもここで役目を果たさなければ、フェルマ国に未来はない。

アリサはその責任感だけを頼りに、今この場に立っていた。

「ふんふふーっん」

するとその時、明らかに場の雰囲気に合わない鼻歌が響く。

「……ちょっとは緊張感とかないわけ？」

思わずアリサがジト目で振り返る。

そこには暢気にも楽しそうに鼻歌を奏でるグランがいた。

鼻歌を邪魔されたことに僅かに顔を顰めるグランだったが、すぐに何かを思い出したようにアリサに尋ねる。

「そういえば、いつの間にアンデッド数百体なんて使役できるようになったんだ？」

「う、うっさいわね！　そんなことどうでもいいでしょ！」

グランの質問に、途端に顔を真っ赤にしながらアリサが顔を背ける。

というのも、アリサが使役できるのはせいぜい百体が限界。

それでも先ほど数百体と言ったのは、殿を任せてもらいたい一心でアリサが誇張したに過ぎない。

「そ、それよりも殿を任されたんだから、あんたも協力しなさいよね！」

「えー、殿とか地味な役目は正直あまり気乗りしないんだが……」

「な、何言ってるのよ!?　いつもあんだけ世界最強とか豪語してるんだから、これくらい何とかしなさいよ！」

その力を少なからずあてにしていたアリサは、グランの態度に慌てる。

しかしグランはそんなアリサを手で制す。

「まあ落ち着けって。殿くらいなら俺に頼らなくても、お前のネクロマンサーとしての力だけでどうにか出来る」

「そ、そうなの？」

グランの言葉が信じられないと不安げに呟くアリサに、グランは頷く。

「そのために使い魔を百体も集めたんだろ？　それにもし厳しそうだったら、その時は俺が手を貸してやるから安心しろ」

「うっ……。わ、分かったわよ。やればいいんでしょ！」

それでようやく覚悟を決めたのかアリサがやけくそ気味に叫ぶと、迫りくる数百の敵との間に約百体のアンデッドを召喚した。


「……お前な、時間稼ぎが目的だって言ってるのに、どうして百体のアンデッドたちを一列に並べるんだよ。馬鹿なのか？」

「う、うるさいわね。私だって反省してるんだから良いじゃない」

「良いわけあるか馬鹿。俺がいなかったら、お前いまごろは殿の役目もろくに務まらないまま、あの世行きだったんだぞ？」

「うっ……。わ、悪かったわよ……」

今、二人は先ほどの場所から少し離れたところにある茂みの中で姿を隠していた。

つい数分前、アリサが満を持してアンデッドを召喚したわけだが、横に一列に並べて敵に向かおうとした時はさすがのグランも目を見開いた。

慌てて指示して何とか態勢を整えたものの、あと少し指示が遅ければ一瞬で百体のアンデッドの壁が破られていたのは間違いないだろう。

「ジ、ジスタニア国の兵士たちはどうなったの？」

「さすがにもう追いつけないと判断して、そのまま帰っていったみたいだな」

「そ、それじゃあ一応の役目は果たせたのね」

あわや失敗しかけたが、何とか殿としての役目を果たせたアリサはホッと息を吐く。

しかしすぐに真剣な表情を浮かべると、グランに声をかける。

「……ねえ、今からでも使者としてウェスカ国に行くべきじゃないかしら」

するとグランは呆れたような声で「はぁ？」と首を傾げる。

「もしかしたらさっきの奴らの仲間がいるかもしれないし、運良く国境までたどり着けたとして、たった一人の使者なんて門前払いされるだけだ」

グランの言うことは尤もだとアリサも思う。

「でも、このままじゃ皆が……」

ジスタニア国との戦いは、いつ始まってもおかしくない。

もしかしたら今この瞬間にも戦いを始めているかもしれない。

戦いが始まれば、戦力差から考えてもフェルマ国は長くは持たないだろう。

そうなればフェルマ国の人たちがどうなってしまうのか、出来ればあまり想像したくなかった。

アリサが今にも泣きそうな表情で顔を俯けていると、グランが大きなため息をこぼしながら「仕方ないな」と呟く。

「ジャルには無事に事が済んだら一番高いワインを飲ませてもらう約束をしてるし、お前とあの二人にはワインも貰ったんだよな。少しくらいは恩を返しておいても損はないのかもしれないな」

「……っ！」

期待の眼差しと共に顔をあげるアリサに、グランが頷く。

「そ、それじゃあウェスカ国まで一緒に行ってくれるのね！」

グランとなら無事にウェスカ国までたどり着き、協力の約束を取り付けることが出来るかもしれない。

そんな期待に胸を膨らませていたアリサだったが、どういうわけかグランはその首を横に振った。

「俺がいるんだぞ？　今更そんなところの協力なんていらないかよ」

「な、何を言って……」

意味の分からないことを言うグランに、アリサは呆然と呟く。

しかし当の本人は、アリサの反応を面白がるように不敵な笑みを浮かべて言った。

「それじゃあ——戦争を潰しに行くとするか」

# 第十五話　月下の魔王

「せ、戦争を潰しに行くって……」

グランは一体何を馬鹿なことを言っているのだろうか。

しかし、ふてぶてしく瞳を光らせるグランが冗談を言っているようには、どうしても見えなかった。

だが現実的に考えると、どうしたってすぐには信じがたい。

なぜならグランの言葉はまるで自分一人で今回の戦争を止められるかのような発言だったからだ。

否、もしかしたらグランはまさにそういうつもりで言ったのかもしれない。

しかし、そうだとしたらやはり——にわかに信じるわけにはいかない。

アリサはふと先日のルルアナの言葉を思い出した。

『個は軍に敵わない、敵ってはいけない』

歴戦の英雄としての言葉だからこそ、他者のそれとは比較できない重みがある。

もし今後ルルアナがそれを公言するようなことがあれば、世間一般の常識として普及したとしても何も不思議ではない。

だがグランは今、そんなルルアナの言葉をあっさりと否定したのである。

本人にそんな気はさらさらないとしても、アリサからすれば、つまりはそういうことだった。

明らかに動揺を見せるアリサに、グランは少しだけ眉をひそめながら首を傾げる。

「まさかとは思うが、俺にそんなことが出来るはずないとか思ってるのか？」

「そ、それは……」

図星を突かれ、思わずアリサは反応に困る。

下手な反応をすればグランの気分を害してしまうかもしれないし、かと言って先の発言を信じるというのも早計すぎるような気がしてならない。

すると、そんなアリサの反応により深く眉をひそめながら、グランは言う。

「よく考えてみろ。世界最強の俺からしたら、周りのやつらなんて全員ゴミ虫みたいなもんだ」

随分な物言いだが、確かにこれまでに何度かグランの並々ならない力を目の当たりにしてきたアリサとしては安易に否定できない。

まあそれでも、ゴミ虫というのはさすがに酷すぎるような気もするが……。

そんなアリサの内心も知らずに、グランは説明口調で続ける。

「ゴミ虫がいくら群れたところで最強種なんて呼ばれているドラゴン、ましてや古龍には到底敵わないだろ？　俺が言いたいのは、つまりはそういうことだ」

「そ、そんなの……」

あまりに暴論すぎる。

しかしグランの言葉の中にある違和感に気が付いたアリサは、不意にその言葉を飲み込んだ。

そもそも古龍を引き合いに出したりすること自体が前提としておかしいのは言うまでもない。

でももし本当に伝説上の存在とも思われている古龍が現れたとして、虫どころか、人間が束になっても敵う相手かどうか怪しいだろう。

だが、今のグランの言葉を要約すると、

「ゴミ虫がいくら群れたところで古龍には敵わないんだから、人間がいくら群れたところで俺の相手になるはずがないだろう」

ということになってしまう。

これは、明らかにおかしい。

何がおかしいのかというと、順番がおかしいのである。

もしグランの発言が次の通りだったら、アリサも何も不思議に思うことはなかった。

「『人間』がいくら群れたところで『古龍』には敵わないんだから、『ごみ虫』がいくら群れたところで『俺』の相手になるはずがないだろう」

これなら『人間』と『古龍』の間にある実力差と、『ごみ虫』と『グラン』の実力差が等しいということになる。

しかし今のグランの発言のままだと、『ごみ虫』と『古龍』、そして『人間』と『グラン』の間にそれぞれある実力差が同じということになる。

つまり何が言いたいかというと、グランは「自分は古龍よりも強い」と言外に示していたのだ。

しかも本人はそもそもそんなことは歯牙にもかけるつもりすらないと来ている。

「…………」

さすがにそれはあり得ないだろうとアリサは自分の考えを否定する。

なぜならもしその言葉が本当だったとしたら、一体どうしてそんな世界最強のグランが死んでしまったのかという矛盾が生じてしまう。

やはりグランの言葉を鵜呑みにするわけにはいかない、とアリサは人知れず心の中で思っていた。

しかしその頭の隅では「もしかして自分はグランが常日頃から喧伝している『世界最強』という言葉の意味をちゃんと理解していなかったのではないだろうか」という囁きが響いてやまない。

あまりに非現実的な可能性が、その頭を悩ませていた。

だがグランが話を続けていることに気が付いたアリサは、今はそんなことを考えても仕方がないと頭《かぶり》を振ると、再び話に集中する。

「——言っておくが、仮に今からウェスカ国に協力を求めに行ったとしても、どちらにせよ今回の戦争には間に合わないと思うぞ？　俺の予想じゃ、まず間違いなく明日の朝には戦いが始まってるな」

「ど、どうしてそう言い切れるのよ」

「まあ強いて言うなら、魔王の勘ってやつだ」

ニッと口の端を吊り上げるグランに、アリサは軽く眩暈を覚える。

グランの話はどれも感覚的な話で、論理性に欠ける。しかし、もしグランの言うことが本当なら、確かに今からウェスカ国に協力を求めたところで間に合わないだろう。

グランの言う「魔王の勘」とやらを信じるべきか、それとも与えられた任務を続行してウェスカ国に使者として向かうのか。

アリサは選択を迫られる。

「戦争を止めるなら、今夜が最後のチャンスだぞ」

「っ……！」

その言葉がきっかけだった。

アリサは覚悟を決めたように大きく息を吐く。

「私たちで、戦争を止めるわよ」

グランは当然だとばかりに頷くと、思い出したように一つ提案をする。

「数千以上もいる敵と戦える機会なんてそうそうあるものでもないし、ここは少し経験だと思ってアンデッドたちに戦わせてみるか？」

「なっ…!?」

お前は正気か、とアリサは目を見開く。

確かに、今回のようにネクロマンサーとしての実力を発揮できる機会は少ない。

しかしこれから国が一つ滅んでしまうかもしれないという状況で、どうしてそんなことが思いつくのか、アリサは不思議で仕方なかった。

とはいえ逆に考えれば、戦場を練習場として見れるだけの実力や胆力がグランにはあるということなのかもしれない。

ただもしグランの言う通り、ネクロマンサーの訓練には絶好の機会だったとして、一つ問題がある。

「数千の兵士たちに対して、アンデッド百体っていうのはさすがに無理があるんじゃないの？」

少なくとも数百体はアンデッドを用意しなければ、そもそもの練習にだってならないだろう。

百体程度じゃ、すぐに数の暴力に押しつぶされて終わりだ。

そんなことはグランも分かっているはずだろうと見てみると、どういうわけかグランは不思議そうに首を傾げている。

「あれ、確か数百体のアンデッドを使役してるんじゃなかったのか？」

「あ、あれは適当に言った嘘よ！　私が契約してるのは、あんたが用意してくれた分だけだし」

「いやまあ、そもそもお前の魔力量がそんなに多くないことは最初から知ってるんだがな？」

「っ——!?」

そこでようやく、からかわれていたことに気が付いたアリサは恥ずかしさか怒りかで顔を赤くしながら拳を震わせる。

しかしグランはそんなアリサに含みのある笑みを浮かべながら言う。

「それじゃあ仮に数百体のアンデッドと契約できたら、どうする？」

「そ、それは……」

突然始まった仮定の話に、アリサは困惑しながらも想像してみる。

「……も、もし私が数百体のアンデッドを使役できるなら、今回の戦いでネクロマンサーとして特訓してみたい気持ちも無くはないわ」

それが考えに考えた末のアリサの本心だった。

なんだかんだ言ってアリサもネクロマンサーとして成長したいという気持ちは人一倍に強いのである。

「で、でも数百体のアンデッドの素材なんて、すぐに集まるようなものじゃないし……」

あのグランでさえ百体の魔物の死体を持って帰ってくるのに数時間は要していた。

本人がまじめにやっていたのかどうかは置いておくにしても、数百体の魔物の死体なんて今から用意しようと思ってすぐに用意できるものではない。

しかしグランは首を振ると、アリサの後ろの方を指差す。

「……!?」

不審に思いながらも振り返ってみたアリサは、目の前の光景に目を見開く。

今までどうして気付かなかったのかは分からないが、そこには魔物の死体が数えきれないほど転がっていたのだ。

「きっと、さっきのジスタニア軍の奴らが安全に待ち伏せするために、ここら一帯の魔物たちを倒してまわったんだろ」

状況を飲み込めていないアリサに、グランが説明する。

「まあ少なく見積もっても数百体のアンデッドの素材はあるだろうし、これで数の問題は解決したな」

「……そ、それはそうかもしれないけど、数百体のアンデッドと契約するには魔力が足りないっていう問題は相変わらず残ってるじゃない」

にやにやするグランにせめてもの反撃とばかりに、アリサがもう一つの問題点を挙げる。

結局、いくらアンデッドの素材が集まったところでネクロマンサーの魔力が足りなければ何の意味もないのだ。

それを理解しているはずのグランだが、アリサの指摘に焦る気配は一切ない。

それどころか相変わらずの余裕そうな表情を浮かべている。

「そうか、魔力が足りないのか。それなら……増やすしかないな」

「は、はぁ!?」

訳の分からないことを言うグランの言葉に、アリサが声を荒げる。

この一週間程度の間、意識が遠のくような特訓の末に、何とか今の魔力量まで増やしたのだ。

それをまるで苦労が分かっていない風にそんなことを言われ、遂にアリサの堪忍袋の尾が切れた。

「たった一日や二日で、そんなに魔力が増えるなら――――」

――苦労はしないっ！

そんなアリサの叫びはしかし、それ以上紡がれることはなかった。

あまりにも不意に、グランがその唇でアリサの口を塞いだのである。

真っ赤な前髪を指で優しく払いながら、まるで日課の一つであるかのような何気ない仕草で口付けを果たしたグランはすっと顔を離す。

時間にして、わずか数秒。

しかし、月明かりに照らされる二人の影は確かに繋がっていた。

「え、ぁ……」

案の定、何が起こったのか分かっていないアリサは呆けた顔のまま固まっている。

だが少ししてさすがに状況を理解し始めたのか、その顔が見る見るうちに赤く染まり始めていく。

「な、なにしてくれてんのよ!?」

これまでに見たことがないくらい真っ赤に茹で上がった顔のアリサが、口元を押さえながら叫ぶ。

しかし対するグランはどこか他人事のような表情を浮かべている。

「どうした、その歳でまさかキスもしたことがないなんてことはないだろ？」

「そ、そんなことあんたに関係ないでしょ⁉　そ、それよりも何で急にこんなことしたのか聞いてるのよ！」

図星だったのか一瞬だけ目を泳がせるアリサだったが、すぐに我に返ったようにグランに問い詰める。

だが先ほどのことを考慮してか、手が届く距離には決して近づこうとしない。

「ま、まさかどさくさに紛れて私を……っ⁉」

自分の身体を抱きしめながら悲鳴のような声をあげるアリサを、グランが鼻で笑う。

「誰がお前みたいなガキを相手にするかよ。今のは魔力の譲渡をしただけだ」

「ま、魔力の譲渡……？」

油断なくグランを警戒していたアリサは、そこでようやく身体の内から溢れてくるような不思議な感覚があることに気が付いた。

「今のお前は、俺の魔力を少しだけ含んでいる状態にある。つまり今のお前なら、数百体のアンデッドと契約して使役することが出来るっていうわけだ」

「っ……！」

グランのその言葉には、さすがのアリサも怒りを忘れて目を見開く。

まさかそんな裏技のようなことがあるとは夢にも思っていなかったのである。

思わず浮かれそうになるアリサに、グランが「ただし……」と付け足す。

「魔力の譲渡はあくまで一時的なものでしかなく、そう何度も使えるような手じゃない。それにお前の中から俺の魔力がなくなれば、その間に契約した使い魔たちとの契約もなかったことになる」

告げられた内容にアリサは少しだけ逡巡するような素振りを見せた後、グランを見つめ返す。

「……その効果は大体どれくらい持つの？」

「短くても一日は心配しなくていい」

「それなら、訓練する分には大丈夫そうね」

てっきり「それだったら意味ないじゃない！」と文句を言われるだろうと予想していたグランはその反応を意外に思いながらも、良い意味で予想を裏切られたと口の端を吊り上げる。

「そうと決まれば、さっさと契約していくわよ！」

早速、魔物の死体たちの方へ向かうアリサだったが、不意に振り返ったかと思うとグランをジト目で睨みつける。

「……さ、さっきのことは忘れたわけじゃないから」

「さっきのこと？　あぁ、ファーストキスのことか」

「っ……！　あ、あとで憶えておきなさいよ⁉」

顔を真っ赤に染めながら走って契約しに向かうアリサに対し、グランは傲岸不遜とも思えるような不敵な笑みを浮かべている。

「——さぁ、反撃といこうか」

静かに呟くグランの瞳は、月明かりのせいか一段と悪戯っぽく光っていた。

◇　◇

フェルマ国より数キロ離れた位置で野営をするジスタニア軍の約八千にも及ぶ前線部隊は、勝ち戦ということもあって、かなりの盛り上がりを見せていた。

大国ジスタニアに比べる以前にフェルマ国は弱小国家として有名だ。兵士たちを集めるにしても、せいぜい一万やそこらが限界だろう。

対するジスタニア国は前線部隊の他、明日の早朝には前線部隊よりも規模の大きい後続部隊が到着する予定となっている。

そうなればもはやジスタニア国の勝利は約束されたものと同じだ。

野営を楽しむ兵士たちも、まさか自分たちが負けるなどと思っている者は誰一人としていない。

だから、そんな折に届いた報告に兵士たちは訝しげに眉を顰めた。

「て、敵襲です！　アンデッドの大群、約五百体が着々と迫ってきています！」

「ご、五百体だと!?　そんな影はなかったはずだが……」

「そ、それが報告によりますと魔法陣と共に突然現れたらしく、恐らくはネクロマンサーによる仕業かと思われます」

何の前触れもなく五百体のアンデッドが現れたと聞いて何かの天変地異かと慌てた兵士たちだったが、ネクロマンサーという単語を聞いてホッとしたように息を吐く。

フェルマ国で不遇職とされる〝死霊使い《ネクロマンサー》〟だが、それは大国ジスタニアでも同様だったのである。

「ネクロマンサーの使役するアンデッドなど、恐るるに足らず！　ジスタニアの兵士たちよ、今こそ剣を掲げるのだ！」

一人の指揮官らしき男が自らをも奮い立たせるように叫ぶと、周りの兵士たちは一斉に大きく声をあげた。

一方その頃、アンデッドたちの遥か上空では、グランが腕の中にアリサを抱えながら空を浮いている。

「どうだ。見晴らしもいいだろ」

「た、確かにここからなら全体が一望できるし良いのかもしれないけど……」

何気ない口調で話しかけてくるグランに、アリサが戸惑いがちに頷く。

というのも、グランがあまりに自然な様子で空中を歩き出すので、ろくに心の準備も出来ていなかったアリサは驚くに驚けなかったのである。

今もなお非現実的な状況をうまく呑み込めてはいないが、遥か下の方に見えるアンデッドや兵士たちは紛れもなく本物だということはアリサにも理解できた。

そこでアリサは不意に、先日のレッドドラゴン退治の時のことを思い出す。

そういえばあの時もグランは空高く飛んで、悠然と翼をはためかせていたレッドドラゴンを地に落としていた。

あの時半ば強引に連れられていったリリィも、もしかしたら今と同じような光景を見たのだろうかと思うと、少しだけ緊張が解れたような気がするのと同時に妙な気持ちになった。

その気持ちが何なのか、アリサにはまだよく分からない。

しかし、もうすぐアンデッドと兵士たちの戦いが始まりそうな雰囲気に慌てて気を引き締める。

「ほ、本当にアンデッドたちを分けたりしなくていいのよね？」

そう言うアリサの視線の先では、今契約している全てのアンデッドたちが一か所に固まっている。

初め、五百体のアンデッドたちを幾つかの隊に分けようとしていたアリサだったが、グランの指示によって今の形になった。

「あぁ。今回は相手の数的にも負けは見えてるからな。あくまで練習として出来る限りのことをしよう」

それに、とグランがどこか小馬鹿にするような表情で言う。

「そもそも新米ネクロマンサーのお前に、複数の指示を同時に出すなんてことが出来るわけないだろ」

「そ、そんなの実際にやってみなきゃ分からないじゃない」

「じゃあ実際に試してみるか？　俺はどっちでも構わないぞ？」

「そ、それは……」

そう言われれば、さすがのアリサも言葉に詰まる。

実際、今のアリサは呂律がうまく回らなくなりそうな程度には緊張しているのだ。

それなのにわざわざ難しそうなことをして、ろくな練習さえ出来ないなどということになれば元も子もない。

そう判断したアリサは不承不承という感じではあるものの、グランの考えに納得することにした。

「お、そろそろ始まるっぽいぞ」

どこか楽しげな声色のグランに釣られてアリサが下の方を見てみると、ちょうどアンデッドと兵士たちが戦いを始めたタイミングだった。

「ど、どれくらい持つと思う？」

「んー……、まあ十分でも持てば良い方じゃないか？」

緊張の色を含んだアリサの質問に、グランがあっさりと答える。

「……十分」

十分という時間が短いのか長いのか、アリサには分からない。

しかしグランが言うのであれば少なくとも十分は持たせようと、アリサは心の中で静かに決意した。

だが、それは決して容易なことではない。

数合わせのためだけに用意したと言っても過言ではないアンデッドたちは、日々の厳しい訓練に勤しむ兵士たちの前に次々と斬り伏せられていく。

そんな光景に少なからず焦りを見せ始めるアリサに、不意にグランが尋ねる。

「アンデッドたちを使役するうえでの利点が何か分かるか？」

「…………？」

しかしアンデッドたちの攻防に気を取られてばかりのアリサは、いつものように上手く考えが纏まらない。

アンデッドとして蘇った人や魔物たちは基本的に生前よりも身体的能力が落ちる。

それを考えれば、適正職業などでもなければ自らアンデッドを使役するような輩はいないだろう。

その点を踏まえてもやはり、アンデッドを使役するうえでの利点というのは思い付かなかった。

すると珍しくグランが出し惜しみせずに答えを教えてくれる。

「アンデッドたちは魔力という仮の命はあれども、実際に命があるわけじゃない。つまりあいつらには〝死に対する恐怖〟ってのがないんだよ」

「っ……！」

そこまで言われて、その意味が分からないアリサではない。

戦場に立つ者にとって、死の恐怖というのは何よりも捨てがたいものだ。

それはつい先ほどまで殿を務めていたアリサも十分に理解している。

しかしアンデッドたちにはそれがない。

つまりアンデッドたち一体一体が常に自らの出せる最大限の力を発揮できるということだ。

それが分かった時、アリサは興奮のあまり喉を鳴らしてしまった。

そこでアリサは、そういえば……と先日のグランの言葉を思い出す。

『アンデッドたちをどれだけ使えるか、それがネクロマンサーにとっての最大の課題である』

だとすれば、今やるべきことは一つだろう。

アリサは確認の意味も込めて、グランを見上げる。

するとその意図を察したグランは「やりたいようにやればいい」と言って頷く。

背中を押してもらったアリサは、遥か下の方で兵士たちと戦う自分の使い魔たちに向かって命じる。

「全員、私の・た・め・に・死・な・さ・い！」

その瞬間、それまで動きの鈍かったアンデッドたちがまるで何かに囚われるように兵士たちに向かいだした。

自らが死ぬことをも厭わない物凄い勢いで攻め込んでくるアンデッドたちに、兵士たちは僅かにたじろぎながらもすぐに態勢を立て直し、見事に応戦していく。

そしてそれから約十分後、アンデッドたちの猛攻によって荒れていた戦況はようやく決着を見せようとしていた。

ついに痺れを切らした数千に及ぶ兵士たちが、アンデッドたちを取り囲もうと動き出したのである。

そもそも戦力差が激しい今回の戦いで、数の劣るアンデッド側が囲まれれば一網打尽になってしまうのは避けられない。

しかし既にアンデッドたちを半分以上も囲み切っている兵士たちを相手に、今更何か指示を出したところで間に合わないだろう。

それは上空から戦況を見守るアリサもすぐに理解できた。

とはいえ、その顔に焦りは見えない。

目標にしていた十分《じゅっぷん》という時間は何とか達成することも出来たし、アンデッドだからこその戦い方があることも学べた。

たった一回きりの練習としては十分《じゅうぶん》な成果と言っても過言ではないだろう。

そしてそれ以上に、今のアリサは……。

「お、さすがに色々と指示を出したりして疲れたか？」

「べ、別にそんなんじゃ……」

そうは言うものの、アリサの表情には疲労感がありありと浮かんでいる。

「別に恥ずかしがることじゃないだろ。ネクロマンサーは命令を出すのに魔力を使うし、いつもより全然多いアンデッドを使役したんだから、そうなるのは仕方ないさ」

疲労感で今にも瞳を閉じてしまいそうなアリサに、グランは苦笑いを浮かべながら珍しく優しい口調で言う。

「あとは俺が適当に何とかしておくから、ご主人様はゆっくり休んでな」

そしてその言葉を聞いたのを最後に、アリサはグランの腕の中で意識を失う。

それを見届けたグランは、どこか悪戯っぽく呟いた。

「今回の魔力があればレッドドラゴンだって契約できたなんて知ったら、こいつどんな顔するだろうな」

本来、ネクロマンサーは今回のような数百体の大群をたった一人で率いることなんて出来ない。

もしそれが当たり前に出来るのであれば、ネクロマンサーが不遇職と蔑まれたりすることはなかっただろう。

あくまで数百体のアンデッドを同時に使役するなんて芸当が出来るのはネクロマンサーの中でも限られた存在だけだ。

もちろんそれが才能によるものなのか、それとも地道な努力で魔力量を増やした者なのかはさて置くとして、ジスタニア軍の兵士たちも敵のネクロマンサーがまさか一人だとは夢にも思っていないだろう。

しかしレッドドラゴンと契約できるだけの魔力量をとりあえずの目標にしていたアリサが、一時的なものとはいえ自分にそれだけの魔力があったと知れば、その時の反応はきっとこれまでに見たことがないようなものになるだろう。

その時のことを考えたグランは思わずといった風に吹きだし、ひとしきり笑ったかと思うと、少しだけ真剣そうな表情を浮かべる。

「……まあ冗談もこのくらいにして、そろそろ本番といきますか」

そして、グランはふいに指をパチンと鳴らした。


――その瞬間だった。


戦場がまるで時が止まったかのように、しんと静まり返る。

それまで勇猛果敢に剣を振るっていた兵士たちも、自らの意思など持つはずがないアンデッドたちでさえも、皆等しくその動きを止めていた。

そして戦場にいる全ての者の視線は、ただの一か所に集まっていた。

それは空に浮かぶ――一人の男《グラン》。

その腕の中には、一――人の少女《アリサ》が抱きかかえられている。

どうして空に浮いていられるのか。

そんな些細なことは、頭の中にはなかった。

今、兵士たちの頭の中を埋め尽くしているのは、空に浮かぶたった一人の男の存在のみ。

もはや言葉にすることなど出来ない圧倒的な存在感が、彼らの視線を釘づけにしていた。

満月による逆光で、せいぜい見えるものといったらシルエットだけ。

にも拘わらず、その時彼らには空に浮かぶ男がニッと口の端を吊り上げたような気がした。

そしてそんな彼らを遥か上空から見下ろしながら、グランは声高に叫んだ。


「俺は――――魔王だッ!!」

# エピローグ　魔王の帰還

その日、フェルマ国立学園にある記念館では、無期限の休校が無事に明けたことを祝しての舞踏会が催されていた。

机に並べられた豪勢な料理に、会場に響き渡る楽器の演奏は、その場にいる者たちの胸中を少なからず盛り上げている。

今回の舞踏会は関係者なら基本的に誰でも参加できるということにはなっているが、時が時ということもあり来ている者はほとんどが学園の生徒たちだ。

しかし逆に、その生徒たちはドレスが無料で貸し出されているということもあって貴族や平民に関係なくほぼほぼ全員が参加していた。

そして会場のある場所では、二人の少女が楽しげに会話を弾ませていた。

〝──魔物使い《テイマー》〟のリリィと、〝精霊使い《シャーマン》〟のミラである。

「わたし、舞踏会なんて初めて参加した。そもそもドレスだって着るの初めてだし」

慣れない場の雰囲気に緊張した様子のリリィに、ミラが苦笑いを浮かべる。

ミラの方は貴族の娘ということもあり舞踏会などにはこれまでにも幾度となく参加させられてい

るが、正直なところあまりこういう場は得意ではなかった。

だが今日はリリィもいることだし自分が頑張らねば、と密かに決意する。

しかし今日に限って言えば、むしろ問題はリリィではなく……。

二人の視線が一か所に集まる。

そこにはいつもの強気な表情を一切消したアリサが二人から少しだけ離れた場所にポツンと立っていた。

髪や瞳の色と同じ真っ赤なドレスに身を包み、どこか物憂げな表情を浮かべるアリサに、近くを通る男子たちの視線は釘付けだ。

しかし普段の勝気なアリサを知っている者からすれば、今の姿を見て心配せずにはいられなかった。

「ア、アリサちゃん、喉とか乾いてませんか？　飲み物とか貰ってきましょうか？」

「何だったら料理もとってくる」

「……いえ、大丈夫よ。気を遣ってくれてありがとう」

二人の言葉に力無く首を横に振るアリサは、今にもふらふらと倒れてしまいそうなほど全く生気が感じられない。

——あのアリサが一体どうしてこんなことになってしまったのか。

その原因を、アリサの友人二人は少なからず察していた。

というのもここ連日、アリサの隣にいるはずの人物の姿が見受けられない。

そう、アリサの使い魔第一号のグランである。

二人がその姿を最後に見たのは、アリサがウェスカ国への使者として門から出て行った時きりだ。

グランの強さを以前の出来事で少なからず知っていた二人だったので、アリサが使者として出発する時も他者に比べればあまり心配していなかった方だろう。

しかし数時間前に出発したはずの使者団が苦虫をすり潰したような顔で戻って来て、更にはアリサが殿として残ったと聞いた時はさすがに肝を冷やした。

それだけではない。

アシュレイ家の当主、ジャルベドが血相を変えて王都から飛び出していこうとしたのだ。

無論、殿として残ったアリサの下へ向かうためである。

そんなジャルベドは引き留めたのは、学園長のルルアナだ。

その時のフェルマ国の状況を考えれば大貴族の当主がどこかへいなくなったりすれば、国民たちがパニックになるのは避けられない。

アリサのもとへ向かうことを泣く泣く諦めたジャルベドだったが、その拳は血が滲むほど強く握りしめられていた。

それはミラやリリィも同様で、助けに向かうことさえ出来ない自分の無力さを恨むことしか出来なかった。

しかし次の日の朝、そんな全員の思いを嘲笑うかのように自室のベッドで眠っているアリサが発見されたのである。

しかもそれとほぼ同時刻に、フェルマ国に進軍してきていたジスタニア国の前線部隊から後続部隊までの全軍が撤退を開始したという報告が入ったのだ。

一体何があったのかは分からずとも、国が滅ぶかもしれないというかつてない危機が去ったことに国民たちは前日とは打って変わって大いに盛り上がった。

全てがこれ以上ないくらい上手くいったと言っても過言ではない状況の中で、しかしそこにグランの姿だけがなかった。

「グ、グランさんなら大丈夫ですよ。きっと何かの事情で戻って来れないだけで……」

ミラの言葉に同意するように、リリィも何度も頷く。

だが物憂げなアリサの表情は相変わらず晴れない。

しかしそれはミラの言葉を信じていないというわけではない。

むしろアリサはグランの安否など初めから心配していない。

今回の戦争を止めた——否、潰したのは紛れもなくグランなのである。

それを知っている者がグランの心配などするはずがなかった。

「…………」

だがあの日、アリサは気付いたら自室のベッドに横になっていた。

恐らくグランがここまで運んでくれたのだろうと考えられるが、肝心のグランの姿がどこにも見えない。

グランのことについて何か知っているかもしれないジャルベドやルルアナに尋ねてみようにも、大量の事後処理に追われているとかで結局聞けずじまいだった。

そして気付けば、グランの姿が見えないまま一週間が経っていた。

もしかしたらグランはこのまま帰ってこないつもりなのではないだろうか。

そんな考えが頭の中をよぎるアリサは、危機が去ったと喜ぶ周囲に反して、落ち込まずにはいられなかった。

本当は、今日の舞踏会だって参加しないつもりだったが、友人二人に半ば強引に誘われて、仕方なく参加したのである。

アリサが今日何度目かになるか分からないため息を吐いたのと同時に、それまで会場に響いていた演奏が急に鳴り止む。

あまり気分の優れないアリサも何かあったのかと不審に思うが、すぐに演奏は再開された。

すると、あちらこちらで談笑を楽しんでいた人たちが何やら会場の中心の方へと向かっていく。

よく見れば中心に向かう人たちは男女でペアを作っているのが分かった。

その時点でようやくアリサは、どうやらここからが舞踏会の本番らしいということを悟った。

案の定、彼らは演奏と共にダンスを踊りだす。

かなりの数の参加者たちが男女のペアになり、リズムに合わせてステップを踏むさまは見ていて壮観だ。

だがそれでもアリサは彼らの中に混ざりたいとはとても思わなかった。

数人の男たちからの誘いを全て断ると、早々に会場の隅っこの方へと移動する。

壁に背中を預けながら友人二人の姿を探してみると、どうやら舞踏会に強く誘ってきた割にはどちらもダンスに参加していないらしい。

よくよく考えれば異性のことが極端に苦手なミラは少なからず身体の接触があるダンスなんて出来るはずがないだろうし、リリィに関してはダンスなど興味なさげに会場の料理を頬張っている。

そんな二人の姿に思わず苦笑いを浮かべるアリサだったが、不意に視界に入って来た人物に眉を顰める。

「……何の用かしら、セミール」

今、アリサの目の前にはセミール＝イヴォ＝アルドリヒが立っていた。

これだけ会場の隅っこの方にいるアリサの目の前までやって来て、偶然ということはあり得ない。

これまでに何度も絡まれた経験のあるアリサは警戒の色を強める。

だが、対するセミールの様子がいつもとおかしい。

普段なら余裕たっぷりという風な表情を浮かべてやまないセミールが、今日はどこか緊張したような面持ちを浮かべている。

そしてアリサに警戒されていることに気付くと、更に慌てた様子で口を開く。

「きょ、今日は喧嘩を売りに来たんじゃないんだ。き、君が使者団に立候補したって聞いたから、賛辞の言葉を伝えに来たんだよ」

「……賛辞の言葉？」

セミールの言葉にアリサは訝しげに聞き返す。

「き、危険が伴うだろう使者団に立候補するなんて、誰にだって出来ることじゃないからね。お、同じ貴族としてぜひ僕にも見習わせてほしいと思ったんだ」

あのセミールの口から出たとは思えぬ言葉に、アリサも思わず呆気にとられる。一瞬何かの罠かとも思ったが、セミールの慌てぶりを見る限り嘘ではないらしい。

とはいえ、たったの一言でこれまで絡まれたことの恨みを全て忘れられるわけではない。

しかし自分の行動を認められるというのはアリサにとっても悪いものではなかった。

ただ、どういうわけかセミールが話も終わったはずなのに、その場を離れようとしない。目を泳がせるだけで口を開く気配もないセミールに、アリサも不審に思って首を傾げる。

するとようやく覚悟を決めたのか、ついにセミールが沈黙を破った。

「ぼ、僕と一曲踊ってもらえないだろうかっ！」

叫ぶかのような声で勢いよく手を差し出してくるセミールに、さすがのアリサも目が点になる。

そして僅かな間の後にようやく自分がダンスに誘われていると理解できた。

もしかしてセミールがずっと緊張していたのは初めからこれを言うつもりだったからなのかもしれない。

それを踏まえて今までのセミールの挙動を思い出し、アリサは苦笑いを浮かべる。

しかし……。

「ごめんなさい。今日はそんな気分じゃないの」

「そ、それは……。いや、何でもない」

何かを言おうとしたセミールだったが、すぐに思いなおすように首を振る。

どうやらこれ以上誘うのは諦めたらしい。

しかし誘いを断られたセミールの表情は落ち込んでいるというよりは、むしろどこかスッキリしているようにも見えた。

「そういえば今日は君のふてぶてしい使い魔が見えないような気がするけど、今日は彼は来ていないのかい？」

去り際に、思い出したようにセミールが呟く。

その疑問は今回の事情を知らない者からすれば当然の疑問ではあるが、アリサは少しだけ表情を曇らせる。

そんなアリサに、何かまずいことを聞いてしまったらしいと目敏く察したセミールは慌てたように言葉を続ける。

「か、彼とはちょっとした約束をしていてね。出来れば彼に『今度、君が唸るほどの美味しいランチを用意してあげるから首を長くして待っているように』と伝えておいてくれないかな？」

「どんな約束をしてるのよ……」

呆れたように呟くアリサだったが、その口の端は少しだけ上がっている。

それを見たセミールはホッと息を吐くと、これ以上余計なことは言うまいとどこかへ行ってしまった。

再び一人になってしまったアリサは小さく息を吐く。

せっかくあそこまでしてくれたのに誘いを断るなんてセミールには悪いことをしてしまっただろうかと僅かに悔やむ。

普段のアリサなら、もしかしたらセミールの誘いも受けていたかもしれない。

しかしやはり今は、どうしても誰かと踊ったりする気分ではなかった。

「……それもこれも、あの馬鹿のせいよ。どうして帰ってこないのよ」

誰にも聞こえないような小さな声で、アリサが俯きながら呟く。

握りしめた拳は小刻みに震えている。

その時、不意にアリサを影が覆った。

「そこの真っ赤なお嬢さん、よろしければ一曲踊っていただけませんか？」

馬鹿にしているのか丁寧なのか分からない言葉。

だが、その声の主をアリサは知っていた。

「……帰ってくるのが遅いのよ、ばか」

今、アリサの目の前にはずっと姿を見せなかったグランがいつものように笑みを浮かべながら立っていた。

グランはアリサの言葉に対して大袈裟なまでに不満を露にする。

「おいおい、救国の英雄に向かってなんてことを言うんだ。無礼だぞ！」

「一応、私があんたのご主人様ってことになってるんだけど？」

しかしアリサが反論すると、グランは知らぬ存ぜぬとばかりに顔を逸らして口笛を吹きだす。

まあアリサとしてもそんなことはどうでも良かったので、それ以上の追及はしない。

だがそんなアリサにも、聞いておかなければいかないことが一つだけあった。

「この一週間どこで何をしてたのよ。連絡も何もしないで」

「もしかして心配してくれてたのか？」

「そんなわけないでしょ！　私はただ使い魔に逃げられたのかと思ってただけよ！」

嘘ではない。

実際にアリサはグランの安否など一切心配していなかったのである。

「……それで、本当にどこで何をしてたのよ？」

「んー、まあ色々なところで色々なことをしてたな」

そこで話を終えようとするグランに、額に青筋を浮かばせたアリサが「続きは？」と睨む。

その目力といったら、思わずグランもたじろぐ程だ。

「お前が意識を失った後の話だろ？　それなら敵の兵士たちを追い返したり、敵国に乗り込んで国王を脅したり、フェルマ国に戻って来てからは今度はこっちの国王を脅したりしてたな」

「なっ……!?」

しかし告げられた言葉に、アリサは驚愕せずにはいられなかった。

敵の兵士を追い返したというのは戦争がなくなったことを考えても頷ける。

しかし残りの二つが意味が分からない。

特にフェルマ国の国王まで脅す意味なんてアリサには皆目見当がつかなかった。

すると表情からアリサの疑問を察したのだろう。グランが分かりやすく説明してくれる。

「現状でネクロマンサーのお前が魔王を蘇らせたということを知ってる奴は限られているからな。今の内に口止めしておいたんだよ」

「だ、だからって国王を脅したりする……？」

常識外れな行動に、アリサは思わずこめかみを押さえる。

しかしグランは加えて言う。

「あ、でも魔王が蘇ったっていうこと自体はもう色んな国に広まってると思うぞ？」

「な、何でよ!?」

「俺が敵兵を追い返す時に魔王宣言したから」

「ま、まお……っ⁉」

あまりにあっさりと言ってのけるグランに、アリサは叫びそうになる。

しかし舞踏会の真っ最中であることを間一髪のところで思い出し、何とか堪える。

「安心しろ。敵兵に俺たちの姿は——はっきりとは見えてないし、俺が魔王で、お前がその魔王を蘇らせたことを知ってる奴にはちゃんと口止めしておいたから」

「う……」

そこでようやくアリサは、グランが敵国だけでなくフェルマ国の国王まで脅した理由を正確に理解することが出来た。

もし、単身で戦争を止めてしまえるようなグラン本人か、そんな魔王を蘇らせてしまったアリサのことが他国に知られれば、まともな日常生活を送ることも難しくなるだろう。

少なくともグランは今回それだけの価値があることをやってのけたのだ。

そしてそのことを自分でも十分に理解していたからこそ、脅しという手段を用いてまで自分たちの存在が知られないように口止めしたのである。

ただ、それと同時にアリサには一つの疑問が生まれた。

「もしグランが魔王だってことが広まったとして、あんた一人ならどうとでも出来たんじゃないの？」

グランの言葉が真実だったとして、それならどうしてアリサのもとへ戻ってきたのか。

その必要性がアリサには微塵も感じられなかった。

グランだけなら、まず間違いなく危険な目に遭うということはないはずだ。

仮に各国から兵を向けられたところで容易く追い返すことが出来るだろう。

だが今回グランは一人でどこか行ってしまうのではなく、わざわざ国王を脅してまで戻ってきてくれた。

そしてその行動の全てが他の誰でもない、アリサのためであるということはわざわざ本人に聞くまでもない。

「……あんたなら、一人でどこか遠くに行った方が良かったんじゃないの？」

普通に考えれば、絶対にそっちの方が良いに決まっている。

それなのに一体どうして自分のもとに戻ってきてくれたのか、アリサには全く以て分からなかった。

するとグランは僅かに逡巡するような素振りを見せた後で、その理由《わけ》を告げる。

「ジャルベドには高いワインを奢ってもらう約束をしてるし、お前の友人にもワインの報酬付きで頼まれたりしたからなぁ」

そ、そんな理由で――と言葉を挟もうとするアリサを、グランが手で制す。

そして「あと、これが最大の理由なんだが……」と前置きしたかと思うと、唐突に片膝をつく。

「今夜、ご主人様と踊るために」

そう言いながらグランは恭《うやうや》しく手を差し出してくる。

いつもとは違って低い場所から見上げてくるグランの表情には、いつも通りの笑みがありありと浮かんでいる。

それを見ればグランの言葉が冗談かどうかはすぐに分かったが、何となくアリサはそれ以上、言及する気はなくなってしまった。

ただ一つ大きなため息を吐き、苦笑いを浮かべる。

そんなアリサの手がゆっくりとグランの手に重ねられようとした時——。

「あ、グランだ」

「グ、グランさん！」

さっきまで確かに離れた場所にいたはずの二人が、グランの姿を見つけて駆け寄ってくる。

「グラン、どこ行ってたの？」

「全然お姿が見えないので心配していたんですよ！」

二人に話しかけられるグランは、既に差し出していた手を引っ込めている。

それからしばらく質問攻めにあっていたグランだったが、不意にリリィが思い出したように呟く。

「グラン、よかったらわたしと踊らない？　こういうのやったことなかったから、前から一度はやってみたかった」

何でもないように言うリリィだが、その声のトーンが普段より幾分か高いことを他の二人は見逃さなかった。

「う、嘘をついてはダメですよ！　リリィちゃん、さっきまでダンスなんて興味なさそうに料理ばかり食べていたじゃないですか！」

「そ、そうなのか？」

いつもはお淑やかなミラが興奮ぎみに言うので、思わずグランもたじろぐ。

しかし指摘されたリリィは涼しい顔で首を横に振る。

「そんなことはない。ドレスを着てダンスをするのが昔からの夢だった」

「そ、そうか。それじゃあ一曲踊ってみるか」

「ず、ずるいです！　それなら私だってグランさんと踊りたいです！」

「ミラは異性が苦手だったはず。そしてグランは女じゃない」

「そ、そんなことは分かってます！　でもグランさんは大丈夫なんですー！」

ミラとリリィは今、どちらが先にグランと踊るかという話題で白熱している。

そんな二人にどこか置いてけぼりを食らったような感じになってしまったアリサが「グ、グランは私の使い魔なんだから、優先権が誰にあるかなんて考えるまでもないでしょ！」と慌てて参戦するのだが、ミラたち二人に当然のように却下されたのはもはや言うまでもないだろう。

# 巻末書き下ろし　黒衣の青年

「――――弱い」

黒衣を纏いし青年がポツリとこぼす。

果たしてそれは何に対する言葉なのだろう。青年がこれまで倒してきた屈強な戦士たちに対してなのか、それとも今の実力に満足できない自分自身に対してなのか。

どちらにせよ答えが降ってくるわけでもなければ、その疑問を口にする者さえいない。

今、部屋にいるのは黒衣の青年ただ一人。部屋の周囲にも誰かの気配は感じられなかった。

質素で飾り気のない部屋に唯一置かれた椅子に腰をおろす青年の表情はとても優れているとは言い難い。やはり先の言葉が原因なのだろう。

青年はずっと「強者」と呼ばれる存在を探し続けていた。

その響きが北で聞こえれば寒さなど関係なしに向かい、今度は南で聞こえれば長旅の末に強者と対峙した。

強者は人に限らない。むしろ強者と呼ばれるような存在は得てして人外のものばかりだった。そして、それら全てに等しく勝利してきた青年もまた、既に人外と呼ぶだけに相応しい実力の持ち主と言えた。

どうしてそこまで強者に固執するのか。全ては、強くなるため。自らが望む頂に登り詰めるため。

初めは良かった。強者との死闘の末に自らの成長が肌で感じられた。

だが近頃は強者とは名ばかりの者たちを一方的に蹂躙するだけで決着してしまう。成長と呼べるだけのものが全く感じられなくなってしまった。

――否、彼らは間違いなく世間で言われるような強者なのだろう。単に青年がそれらを優に凌駕するだけの実力にまで登り詰めたというだけの話だ。

しかし、青年は満足していなかった。ただひたすらに、自らが望む頂を目指し続けていた。

必要なのは死をも感じられる熱い闘いと、それに足り得る強者のみ。

果たして今の世の中に青年を満足させられるだけの実力者が残っているかどうかは分からない。

それでも青年は「強者」を求め続けた。

無限に広がる真白の部屋。そこに今、二つの影があった。

「……脆弱な存在でありながらここまでやって来るとは、お主、何者だ？」

一つの影が言う。それは部屋の主としての言葉だった。

対するのは黒衣の青年。表情は優れているとは言い難く、全身から負のオーラのようなものを感じずにはいられない。しかし、その漆黒の瞳の奥には確かな闘志の炎が見て取れた。

「──やっと、見つけた」

「……!?」

部屋の主は目の前の珍客の目的をなかなか察せずにいた。

無理もない。何せこの部屋に見知らぬ者が訪れてくるなど、未だかつてなかったことだ。

だが、自らに降りかかろうとしている火の粉を見逃すほど鈍くはなかった。

この真白の空間を漆黒が侵食していく。そんな錯覚に駆られるほど濃密な殺気に思わず目を見開く。

本来、部屋の主にとって、人間とは取るに足らない弱小種族以外の何ものでもない。

しかし、目の前で強烈な殺気を放ちながら佇む黒衣の青年から感じる気配は人間のそれではない。

かつて激闘を繰り広げた竜王にも匹敵する──否、それを上回る気配の強さだ。

「お主、何者だ……?」

にわかには信じがたい状況に、先ほどと同じ質問を繰り返すが、その声のトーンは明らかに低くなっている。警戒の色を強めた何よりの証拠だった。

「あんた、強いんだろ?」

青年は、部屋の主の問いに答えることなく、続けて自らの疑問を口にする。

無礼と言われても仕方のない言動だが、それ以上に部屋の主は青年の問いに対する正しい答えを模索していた。

常識や世間一般という言葉の範疇であるなら、部屋の主は間違いなく強いと言える。むしろ強者と呼ばれるような存在の中でも限りなく頂点に近い実力を持っているだろうと、他ならぬ部屋の主が自負していた。

だが、黒衣の青年を目の前にすると、その絶対的な自信がどうしても揺らいでしまう。思わず青年の問いに対して「否」と答えてしまいそうになる。

しかし、そういうわけにもいかない。部屋の主には部屋の主なりの役割があれば、それに準ずる責任というものが存在する。これは一対一の戦いであると同時に、それ以上の意味があった。

『負けるわけにはいかない』

そんな思いは失いかけていた自信を呼び戻し、自尊心を高める。青年を見つめる瞳にも闘志の炎が映っており、もはや自分が強者であることを疑っていない。

「矮小な人間風情が、王たる我に牙を向けようとは笑止千万。身の程を知るがよい！　――ッ!?」

目の前の敵を威圧するように叫ぶ部屋の主だったが、しかし、その威勢は長くは続かなかった。

黒衣の青年が一歩前に進んだ瞬間、部屋の主はその場から大きく飛び退いた。

それは体裁など気にする間もないほどに一瞬の出来事で、無意識に支配された行動だった。

原因は言わずもがな、黒衣の青年だ。

先の瞬間、それまで感じていた殺気が突如として膨れ上がった。強烈さが増したと言うべきか、そのあまりの濃密ぶりは息をするのも忘れてしまうほどだった。

最初の時点で既に真白の空間が漆黒に侵食されるかのように錯覚したが、これはその比ではない。まるで漆黒の大波が自分を呑みこもうとしている。並の精神力ならば、この殺気に当てられただけで生命の維持を自ら放棄してしまうだろう。

得体が知れない。そんな言葉では足りないほどに次元が違う。

部屋の主が長い年月を生きてきた中で初めての感覚。それは「恐怖」だった。

認めたくない。王たる自分がたかが人間風情に恐怖などという感情を抱くなど、あってはならないことだ。

しかし、認めざるを得ない。抵抗することは許されていないのだ。

その間にも青年は距離をジリジリと詰めてくる。対する部屋の主は足に根が生えてしまったかのように一歩も動くことが出来ない。

「────つまらない」

固まる部屋の主が最後に見たのは、この世の全てに絶望したかのような漆黒の瞳だった。

「……また、無駄足だったか」

真白の部屋に一人残された黒衣の青年は大きなため息をこぼす。

期待が裏切られたのは今回が初めてのことではない。果たして今まで何度同じようにため息をこぼしてきたことだろう。

しかし、今回こそは、と思っていただけに落胆せずにはいられない。

何せこの場にやって来るまでに費やした労力と時間はこれまでの中でもダントツで一番だ。むしろ期待しない方がおかしい。

実際、今回は死んでも不思議ではないと思っていた。例え勝利を収めることが出来たとしても、それは死闘と呼べる展開の末に待っているものであり、少なからず自らの成長に繋がると疑っていなかった。

だが蓋を開けてみれば、少しばかり殺気を向けただけで戦意を失くされ、闘いにすらならなかった。これでは単に時間と労力を浪費しただけだ。

……もしかしたら既にこの世界には自分を満足させられるだけの強者はいないのではないか。

出来るだけ考えないようにしていた可能性だが、今回の一件はさすがに無視できない。

それに強くなった青年の相手が務まるかもしれないという強者に限って、今回のように見つけ出すのが困難になってきている。

「こんなんじゃいつまで経っても強くなんかなれない……！」

成長している証拠とはいえ、度重なる不幸に苛立ちを隠せない青年が八つ当たり気味に魔法を放とうとして、不意にその手を止める。

「……盗み聞きとは悪趣味だな？」

青年が僅かに殺気を込めて呟くと、何もなかった場所から突如として二つの影が現れる。

ちょうど相反する光と闇のように二人の容姿は対照的だ。その最たるは白髪と黒髪だが、どちらも見目麗しい女性であることには間違いない。

「私は光の大精霊サンライト」

「わ、私は闇の大精霊エスティナです！」

一方は淡々と、もう一方はどこか興奮したように簡潔な自己紹介を済ませる。

しかし「精霊」と聞いた青年は僅かに目を細める。

「既に知っているかもしれないが、お前たちの王は死んだ。俺が殺した」

その言葉に対する反応は、やはり対照的だった。

サンライトと名乗った方は涼しげな表情の中に確かな驚きを見せ、エスティナと名乗った方は目を輝かせている。

「王を殺した俺が憎いか？　どうせ不完全燃焼だ。闘いたいなら一向に構わんが」

明らかに闘う意思がなさそうなエスティナは一旦置いておくとして、サンライトはいまいち真意が読み取れない。もしかせずとも主の敵《かたき》である青年に敵意を向けてくる可能性は十分にあった……のだが、どうやらそれは杞憂だったらしい。

サンライトは慌てたように首を横に振り、敵対する意思がないとアピールする。

「私たち二人はずっと厄介者として扱われてきました。もはや忠誠心などあるはずがありません」

その言葉に激しく同意するエスティナに、青年は警戒を解く。

ただ二人の過去や待遇などには全く興味がないのか、それ以上は何も語らないまま、その場を後にしようとする青年をエスティナが呼び止める。

「あ、あの！　も、もしよろしければ、私と契約していただけませんかっ⁉」

「……契約？」

思わず足を止める青年に、エスティナがしどろもどろになりながらも契約について説明する。よほど必死なのか、説明の内容の全てが契約することで生じる利点だ。

その中でも特に青年の気を引いたのは、やはりその利便性だろう。

契約することで、これまで苦労していた強者探しが少なからず楽になるというのは青年にとっても願ったり叶ったりのことだった。

青年の中で方針が決まったところで、ふと視線をサンライトの方へ向ける。

「お前はどうするんだ？　一緒に契約するつもりなのか？」

サンライトは僅かな逡巡の末に首を横に振る。

「私は仮にも光精霊。本質はともかくとして、悪の者に手を貸すことは出来ない」

「……そうか」

青年は特に引き留めたりすることもなければ、そのままエスティナに契約を催促する。

慌てた様子で契約の準備を始めるエスティナは、そこで思い出したように一つの質問をする。

「あ、あの、貴方様のお名前を伺ってもよろしいでしょうか？」

遠慮がちに、されど食い気味に聞いてくるエスティナと、傍観者のふりをしながらもしっかりと聞き耳を立てているサンライト。

そんな二人に一瞬だけ戸惑いの色を見せた青年だったが、その後、僅かに口の端を吊り上げて自分の名を告げた。

「俺は――――」

# あとがき

初めましての方は初めまして。そうでない方はお久しぶりです。きなこ軍曹です。

この度は新作『新米ネクロマンサー、魔王を蘇生する。』を皆さんにお届けすることが出来たことを大変喜ばしく思います。

今回の新作を執筆するにあたって一貫していたのが「主人公最強」という要素です。

昨今、主人公最強もののラノベが数多くある中で、僕はこれまでに「この主人公、本当に最強なのか?」という思いを幾度となくしてきました。

最も強いと書いて最強。ならば、いかなる窮地でも涼しい顔で対処するのが当然です。

たとえヒロインを人質に取られても、万の敵を相手にしようとも、窮地という前提を覆すほどに平然と解決してしまうからこそ主人公最強なのです。(あくまでも個人の意見です)

何はともあれ、今回の主人公は僕が思い描く「最強」が一杯に詰め込まれています。むしろ理想の主人公を書くためだけにこの作品が生まれたと言っても過言ではありません。

果たして僕の理想の主人公が万人受けするかどうかは怪しいところではありますが、この本を読んでくださった方々の記憶の片隅に残り続けてくれるような主人公であれたら嬉しいです。そして

「こんな主人公もアリかも」と思っていただけたら、尚嬉しいです。

主人公のことを語りつくしたので、次はヒロインにも少し触れようかと思います。

今回の作品では、主な三人のヒロインのうち、シチュエーション次第で誰がメインヒロインになってても不思議ではなかったと思います。それくらいに一人一人個性があり、大切なキャラクターたちです。

ただ、僕が全ヒロインの中で一番気に入っているのが「エスティナ」です。

主人公以外のことには全く興味がない人格破綻者ではありますが、主人公に通じるところがある容姿、そして他を犠牲にしても主人公に忠誠を誓う姿勢が気に入っています。

一つ残念なのはエスティナの本編での活躍がほとんどないことです。とはいえ、それは巻末書き下ろしでエスティナとの出会い編を書くことが出来たので割と満足しています。

また、もし続きを書くことが出来たらストーリー展開的にエスティナの活躍も増えてくるので、密かに期待しています（笑）。


さて、最後になってしまいましたが、この本を出版するにあたってお世話になりました方々、拙著を美麗イラストを飾ってくださったｋｇｒ様、色々とご迷惑をおかけしました担当編集さま、そしてこの本をお手に取ってくださった方々に最大限の感謝を。

また、この場でお会いできる日を楽しみにしています。

## ドラゴン娘×３にエルフ少女×２
## ドＳ剣士に幼女な魔神も加わって、カオス！

ドラゴンに3度轢かれて3度転生し、4度目の人生を送る職人・アリト。謎の美女（＝ドラゴン娘3人）から慰謝料代わりに与えられた能力のおかげで「アイテム強化ショップ」を立ち上げたものの、毎日が大忙し。新商品の開発に〝謎の黒騎士〟としての活動、妹・リィルの友達のお世話に、性格もランクも〝S〟な美少女冒険者の登場、ドラゴン娘は〝アレ〟になっちゃうし、〝魔神〟ベリアル（幼女）は鎧を取り返しに来ちゃうし……。それでも職人ライフは順調（？）です‼

**ドラゴンに三度轢かれた俺の転生職人ライフ**
**～慰謝料《スキル》でチート＆ハーレム～２**

定価：本体 1200円＋税　ISBN 978-4-8155-6008-9

## 1~2 巻　全国の書店＆

**慰み者になる覚悟はできてます。**
**え？　違うんですか？　プリンって何ですか？**

「村を助けてやる代わりに娘を差し出せ！」領主である貴族からの命令により、慰み者として召し上げられた村娘・リアナ。しかし、連れて行かれたのはなんと女の子だらけの学園だった!!　はじめての豪華なお風呂にはじめての下着、そしてはじめての……プリン!!　無知で無力な村娘・リアナと女好きとの噂の絶えない領主代行・リオン、そして仲間たちとのスペシャルな学園生活が幕を開ける。人気小説『俺の異世界姉妹が自重しない！』（1～3巻／モンスター文庫）スピンオフ作品。

**無知で無力な村娘は、**
**転生領主のもとで成り上がる**

著：緋色の雨　イラスト：原人

定価：本体 1200 円＋税　ISBN 978-4-8155-6009-6

**WEB 書店で好評発売中！**

# ウサミミ少女＆イモムシ少女＆鬼人少女
# 学園の保健室は思春期の魔物で大盛況？

「ウチで働きませんか？」。魔王から直接スカウトされ、魔王学園高等部の〝保健室の先生〟として赴任することになった元勇者パーティーの白魔術師・アルイ。ウサミミ少女にイモムシ少女、鬼人少女……異形ながら思春期特有の悩みを抱える魔物たちとともに平穏な教師生活を送っていたが、かつて所属していた勇者パーティーからの〝魔〟の手が迫ってきて……。最強にして陰キャなオタク先生と、魔物生徒たちの学園ファンタジー、スタート。

**イキリオタクの最強白魔術師～ブラック勇者パーティーから、魔王学園の保健室の先生に転職しました～**

**著：マキシマム　イラスト：jimmy**
**定価：本体 1200 円＋税　ISBN 978-4-8155-6011-9**

**UGnovels は全国の書店＆**

# 冴えないおっさん、
# 目ヂカラで最強になる

意を決して入学した魔術学校ではイジメられ、訪れた職安では馬鹿にされ、ギルドでは12歳の子どもにコテンパンにやられ……。この街最弱にして最もダサイおっさん、タクト（元引きこもり・30歳）は、ある日、妹・マリンの助けによって眼に悪魔を封印する能力『邪眼』を手に入れる。
土を操り、稲妻を操り、女の子を惚れさせ、服まで透けて……最弱から最強へ。チートな目ヂカラを手に入れたおっさんの大逆転が始まる。

**邪眼のおっさん**
**〜冴えない 30 歳の大逆転無双〜**

**著：瀬戸メグル　イラスト：ひそな**
**本体 1200 円＋税　ISBN 978-4-8155-6006-5**

# UGnovels は全国の書店＆

UG novels UG010

# 新米ネクロマンサー、魔王を蘇生する。

2018年10月15日　第一刷発行

著　　者　きなこ軍曹
イラスト　kgr
発 行 人　東 由士
発　　行　株式会社英和出版社
〒110-0015　東京都台東区東上野3-15-12 野本ビル6F
営業部:03-3833-8777　編集部:03-3833-8780
http://www.eiwa-inc.com
発　　売　株式会社三交社
〒110-0016
東京都台東区台東4-20-9　大仙柴田ビル2F
TEL:03-5826-4424／FAX:03-5826-4425
http://www.sanko-sha.com/　http://ugnovels.jp
印　　刷　中央精版印刷株式会社
装　　丁　金澤浩二(cmD)
D T P　荒好見(cmD)



ISBN 978-4-8155-6010-2


きなこ軍曹先生･kgr先生への
ファンレターはこちらへ
あて先
〒110-0015
東京都台東区東上野3-15-12
野本ビル6F
(株)英和出版社
UGnovels編集部

本書は小説投稿サイト『小説家になろう』(https://syosetu.com/)に投稿された作品を大幅に加筆･修正の上、書籍化したものです。

『小説家になろう』は『株式会社ヒナプロジェクト』の登録商標です。

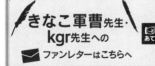